ONDJAKI
BUENOS DÍAS, CAMARADAS

B&T 1/13/10 91295

MAR ABIERTO
narrativa contemporánea

Spanish
Fic
Ondjaki

DERECHOS RESERVADOS
© 2003, Ondjaki
© Editorial Caminho, SA, Lisboa - 2003.
Por acuerdo con el agente literario
Dr. Ray-Güde Mertin Inh.
Nicole Witte. K., Frankfurt
am Main, Alemania
© 2008, Editorial Almadía S. C.
Avenida Independencia 1001
Col. Centro, C. P. 68000
Oaxaca de Juárez, Oaxaca
Dirección fiscal:
Calle 5 de Mayo, 16 - A
Santa María Ixcotel
Santa Lucía del Camino
C. P. 68100, Oaxaca de Juárez, Oaxaca

© 2008, Ana M. García Iglesias, por la traducción

Título original: *Bom dia camaradas*

www.almadia.com.mx

Primera edición: marzo de 2008
ISBN: 978 970 985 442-8

450 0299

ONDJAKI
BUENOS DÍAS,
CAMARADAS

Traducción de Ana M. García Iglesias

Almadía

Al camarada Antonio
A todos los camaradas cubanos

Para mis increíbles compañeros de clases: Bruno B.,
Romina, Petra, Romena, Catarina, Aina, Luaia,
Kalí, Filomeno, Claudio, Afrik, Kiesse, Helder,
Bruno Viola, *Murtala, Iko, Tandu, Fernando,*
Marcia, Carla Scooby, *Enoch, Mobutu, Felisberto,*
Eliezer, Guiguí, Filipe, Manú, Vanuza, Hélio, Delé,
Sergio Cabeleira *y a todos los que aparecen en estas*
vivencias, pero cuyos nombres el tiempo me robó (por
eso incluí los nombres reales, para homenajearlos)

Y a Jacques, por hacerme rebuscar este sueño
A María Che, *que puso el español*
en boca de los profesores cubanos
A Rykard, que "ayudó"
A Dada, su mimo, su peculiar revisión

Y tú, Angola:

Bajo el húmedo velo de rabias, quejas y humillaciones,
te adivino subiendo,
vapor róseo, expulsando la tiniebla nocturna.

CARLOS DRUMMOND DE ANDRADE

I

Tú, saudade, revives el pasado,
reenciendes la extinta felicidad.

ÓSCAR RIBAS
Adorando a las musas

A ver, camarada Antonio, ¿tú no prefieres que tu país sea libre?, me gustaba hacerle esa pregunta cada vez que entraba a la cocina. Entonces abría el refrigerador y sacaba la botella de agua. Antes de que alcanzara los vasos el camarada Antonio ya me había pasado uno. Sus dedos dejaban en el cristal unos inmensos manchones de grasa, pero yo no tenía valor para rechazar el vaso. Me servía, bebía un trago, dos, y aguardaba para escuchar su respuesta.

El camarada Antonio empezaba por suspirar, luego cerraba el grifo, se limpiaba las manos y revolvía las brasas del fogón. Entonces decía:

—Niño, cuando estaban los blancos esto no era así...

Después sonreía. Yo lo que de verdad quería era entender su sonrisa. Me habían contado historias increíbles de malos tratos, de pésimas condiciones de vida, de salarios injustos y todo eso, pero al camarada Antonio le gustaba repetir esa frase suya en favor de los portugueses, por eso su sonrisa era un misterio para mí.

—Antonio, ¿tú trabajabas para un portugués?

—Sí... —sonreía—. Era un director, buen jefe, realmente me trataba bien...

–¿Pero eso fue allí en el Bié?[1]

–No. Fue aquí en Luanda; yo estoy aquí hace mucho tiempo, niño... todavía usted no nacía...

Yo esperaba que continuara, pero en ese momento el camarada Antonio retomaba las labores de la cocina, sonreía y se quedaba callado. Siempre despedía el mismo olor, incluso cuando se bañaba, parecía que a donde fuera arrastraba consigo los olores de la cocina. Cogía la botella de agua, la llenaba con agua hervida y volvía a ponerla en la nevera.

–Pero Antonio, todavía quiero agua...

–No, niño, ya basta –decía–. Si no a la hora del almuerzo no hay agua helada y la mamá se molesta...

Para cuando colocaba la botella de agua y limpiaba el fregadero, era obvio que el camarada Antonio quería continuar con sus tareas sin tenerme por allí. Yo impedía la libre circulación por la cocina, aparte de que aquel espacio le pertenecía sólo a él. No le gustaba para nada tener gente allí.

–Pero Antonio... ¿no crees que cada quien debe mandar en su país? ¿Qué es lo que estaban haciendo aquí los portugueses?

–¡Claro, niño!, pero en aquel tiempo la ciudad era más limpia... tenía de todo, no faltaba nada...

–¡Antonio! ¿No ves que no había de todo? Las personas no ganaban un salario justo y los negros no podían ser directores de una empresa, por ejemplo...

---

1 Bié: provincia central de Angola, capital Kuito.

—Pero había siempre pan en la tienda, niño. Los machim-bombos funcionaban...[2]

—Pero nadie era libre, Antonio... ¿No te das cuenta?

—¿Cómo que nadie era libre? Claro que éramos libres, yo podía andar por la calle...

—No es eso, Antonio... —para entonces yo me levantaba del banco—. Los que mandaban en el país no eran angole-ños, eran portugueses... y eso no puede ser...

En este punto el camarada Antonio reía.

Mis palabras lo ponían de buen humor y, viéndome tan entusiasta, decía: *¡Este niño!* Entonces abría la puerta que daba al patio, buscaba con los ojos al camarada João, el con-ductor, y le gritaba: *¡Este niño es terrible!*, y el camarada João sonreía, sentado a la sombra del mango.

El camarada João era chofer del ministerio. Como mi padre trabajaba allí, el camarada hacía a diario varios via-jes a nuestra casa. A veces yo aprovechaba y me iba con él a la escuela. Era delgado y bebía mucho, con frecuencia lle-gaba borracho por las mañanas, aunque fuera muy tem-prano, y nadie quería subirse al coche con él. El camarada Antonio decía que ya estaba habituado, pero a mí me ate-rraba. Un día me llevó a la escuela y fuimos charlando.

—João, ¿a ti te gustaba cuando los portugueses estaban aquí?

—¿Qué cosa, niño?

—Que antes de la independencia eran ellos los que man-daban. ¿A ti te gustaban aquellos tiempos?

2 Machimbombo: autobús.

—Las personas dicen que el país era diferente... no sé...

—Claro que era diferente, João, pero hoy las cosas también son distintas. El camarada presidente es angoleño y los angoleños son los que se encargan del país, no los portugueses...

—Claro, niño... —a João también le gustaba reír, después silbaba.

—¿Tú trabajabas con portugueses, João?

—Sí, cuando era muy joven... Y también estuve en la guerrilla...

—Al camarada Antonio le gusta hablar bien de los portugueses... —lo molesté.

—El camarada Antonio es más viejo —dijo João, y yo no entendí qué quiso decir.

Al pasar por unos edificios muy feos le dije adiós a una camarada profesora. João preguntó enseguida quién era y yo respondí: *Es la profesora María, éste es el barrio de los profesores cubanos.*

Me dejó en la escuela. Todos mis compañeros se estaban riendo porque me habían traído. Solíamos burlarnos siempre de aquel al que traían, desde el principio me hice a la idea de que me iban a molestar con sus chistes, pero ese día no sólo se estaban riendo de mí.

—¿Qué pasa? —pregunté. Murtala estaba contando algo que había pasado con la profesora María—. ¿La profesora María, la mujer del camarada profesor Ángel?

—Sí, la misma... —dijo Helder riéndose.

—Pues resulta que estaban haciendo mucho ruido en clase, y ella quiso ponerles un reporte a Celio y a Claudio...

Ya se estaban levantando para protestar cuando la profesora dijo... –Helder ya no podía más de tanto reírse, estaba todo rojo– la profesora quiso decir: "Quédense", pero dijo "¡Cáiganse allá!"

–Sí, ¿y después? –yo también me reía, sólo por contagio.

–Que ellos se tiraron al suelo allí mismo, frente a ella...

Todos reventamos de risa. A Bruno y a mí también nos gustaba bromear con los profesores cubanos; como no entendían muy bien el portugués nosotros aprovechábamos para hablar rápido y decíamos palabrotas frente a ellos.

–Pero todavía no sabes lo mejor... –Murtala se acercó a mí.

–¿Qué cosa?

–¡La maestra se puso a llorar y se fue a su casa! –Murtala también se reía sin parar–. ¡Tuvimos la clase libre sólo por eso!

Teníamos clase de Matemáticas con el profesor Ángel. Cuando entró vimos que estaba enfadado o triste. Yo le hice una señal a Murtala, pero no nos podíamos reír. Antes de comenzar la clase el camarada profesor dijo que su mujer estaba muy triste porque los alumnos habían sido indisciplinados, y que en un país en reconstrucción hacía falta mucha disciplina. También habló del camarada Che Guevara, de la disciplina y de que nos teníamos que portar bien para que las cosas funcionaran en nuestro país. Fue una suerte que nadie denunciara a Celio y a Claudio, si no con eso de la revolución todavía les hubiera caído un reporte.

En el recreo Petra fue a decirle a Claudio que tenían que pedirle perdón a la camarada profesora, porque ella era muy buena, era cubana y estaba en Angola para ayudarnos. Pero a Claudio no le gustó nada el consejo de Petra y le dijo que sólo habían cumplido su orden, que la profesora había dicho que se cayeran y que por eso se tiraron al suelo.

A todos nos gustaba el profesor Ángel. Era muy sencillo y muy gracioso. El primer día de clases vio a Claudio con un reloj de pulsera y le preguntó si el reloj era suyo. Claudio se rio y dijo que sí. El camarada profesor confesó: *Mira, yo trabajo desde hace muchos años y todavía no tengo uno*, y nosotros nos quedamos muy asombrados porque casi todos en el grupo tenían reloj. La profesora de Física también se quedó muy asombrada cuando vio tantas calculadoras en el aula.

Pero no sólo nos gustaban el profesor Ángel y la profesora María. Nos gustaban todos los profesores cubanos, porque con ellos las clases comenzaron a ser diferentes. Los profesores escogían dos monitores por materia, lo que al principio nos gustó porque era así como una especie de segundo cargo (además del jefe de grupo), pero luego ya no nos gustó porque para ser monitor *había que ayudar a los compañeros menos capacitados*, como decían los camaradas profesores, había que saber todo sobre esa materia y no se podía tener menos de un nueve de calificación. Pero lo más aburrido de todo era que había que hacer las tareas en casa, porque era el monitor el que controlaba que todos las hubieran cumplido al principio de la clase. Claro que ir a decirle al profesor quién había hecho la tarea y quién no a veces provocaba una pelea en el recreo, si no que lo diga Paulo, al que una vez se llevaron al hospital sangrando de la nariz.

Al final de la tarde la camarada directora vino a hablar con nosotros. Nos gustaba cuando alguien entraba al salón porque teníamos que cuadrarnos y decir aquella cantinela, que algunos aprovechaban para berrear: *Buenas taaardeeeees... camaradaaaaa... directoraaaaaaa*.

Había venido para avisar que tendríamos una visita-sorpresa del camarada inspector del Ministerio de Educación, que ella sabía que ocurriría un día de éstos, y que debíamos portarnos bien, limpiar la escuela, el salón, los pupitres, venir "presentables" (creo que eso fue lo que dijo), y que el resto nos lo explicarían después los profesores.

Nadie dijo ni preguntó nada. Claro que sólo nos levantamos cuando la camarada directora dijo: *Entonces hasta mañana*. Enseguida nos levantamos y dijimos a gritos: *¡Hastaaaaa... mañanaaaaa... camaradaaaaa directoraaaaa!*

Para levantarme de buen humor lo primero que pensaba al despertar era que pronto sería la hora del desayuno, o del matabicho, como decimos aquí. ¡Matabichar en Luanda por las mañanas, es riquísimo! Hace un viento frío, tan fresco que dan ganas de tomar café con leche y quedarse a disfrutar el olor de la mañana. A veces, mis padres y yo desayunábamos en silencio. A lo mejor es que de veras disfrutábamos el olor de la mañana. No lo sé.

Aunque el camarada Antonio tenía las llaves de mi casa, en lugar de entrar a la cocina a veces yo estaba en el balcón y lo veía sentarse en alguna de las bancas del jardín. Mi madre ya le había dicho que no viniera tan temprano, pero parece que los más viejos siempre tienen poco sueño. Por eso él se quedaba allí, sentado en las bancas, así, esperando. Y cuando oía movimiento en la casa, entraba despacio.

—Buenos días, niño.

—Buenos días, camarada Antonio... —yo esperaba a que él cerrara el portón—. Hoy también llegaste temprano, Antonio...

—Sí... me quedo sentado ahí, niño... —sonreía—. ¿La señora ya se despertó?

El camarada Antonio siempre hacía aquella pregunta, pero no sé por qué. Él sabía que mi madre era la primera en levantarse todos los días. A lo mejor no esperaba que yo respondiera, pero eso sólo lo entendí mucho más tarde.

—¿Hoy tomaste un candongueiro?[3]

—No, niño, he venido a pie; a esta hora está fresco...

—¿Desde el Golf hasta aquí, Antonio? —pregunté, asombrado.

—Veinte minuto', niño, veinte minuto'...

Pero no era verdad. Al camarada Antonio le gustaba decir veinte minuto' para todo. El agua ya estaba hirviendo hace veinte minuto', mamá había salido hace veinte minuto' y faltaban siempre veinte minuto' para que la comida estuviese lista.

Me quedé en el balcón. En el jardín había unas babosas que debían ser más viejas que Antonio, porque siempre

3 Candongueiro: coche colectivo.

eran las primeras en despertar. Había un montón. Después del matabicho, quedarse así en la terraza tomando el fresco y ver a las babosas ir no sé a dónde, me daba sueño otra vez. Ese día me dormí en un instante.

Me despertó el sol. Desde mi balcón era imposible descubrir a dónde iba a continuación. Tenía la pierna caliente y adormecida, y sentía un ardor muy molesto. Me rasqué. Después oí a lo lejos la voz de Antonio.

—¿Me estabas llamando, camarada Antonio? —entré a la cocina.

—Ha llamado su tía, niño...

—¿Cuál tía, Antonio?

—La de Portugal.

—¡Antonio! ¡Caray!... ¿Por qué no me despertaste?... Yo quería hablar con ella.

—Ella quería hablar con su papá, niño... —dijo sonriente.

—¿Y qué...? Siempre habla con papá, pero después habla conmigo... ¿Y qué te dijo?

—Nada, niño... Habló para avisarle a su papá que ella lo busca, parece que volverá a llamar más tarde, a la hora del almuerzo...

—¿Pero a qué hora llamó, Antonio? No oí el teléfono...

—No hace ni veinte minuto', niño...

El olor de la cocina, el silbido de la olla, los movimientos del camarada Antonio: todo indicaba que debían ser las once. Aún no había hecho las tareas de Matemáticas y Química, y debíamos almorzar a las doce y media. Decidí que ya no iba a bañarme, por suerte había Educación Física por la tarde y así el baño se quedaba para la noche.

Subí y fui a "hacer los deberes", como decíamos antes. Mi madre me había enseñado que primero se estudia la materia y después se hace la tarea, pero cuando yo no tenía tiempo hacía la tarea y estudiaba lo demás después. Claudio, Bruno y principalmente Murtala siempre hacían así los deberes y decían que funcionaba. En cambio, Petra estudiaba todos los días. Daba rabia ver que aquella muchacha siempre se sabía las lecciones. Por eso siempre le preguntábamos cuando teníamos dudas durante las pruebas.

Cuando mi madre llegaba, lo primero que hacía era asomarse a la cocina para ver si el almuerzo iba bien encaminado, después colocaba las llaves en el colgador, subía a preguntarme si había hecho la tarea e iba a bañarse. No siempre seguía este orden, pero con frecuencia era así.

—¿Fuiste tú el que habló con la tía Dada? —me dio un beso, fue al cuarto de baño y abrió el grifo. (¡Lo sabía!)

—No, yo estaba haciendo los deberes... Fue el camarada Antonio.

—Pero Antonio dijo que estabas en el balcón.

—Sí, estaba en el balcón haciendo los deberes.

—Ya les dije que cuando el teléfono suene contesten ustedes, no hagan que el camarada Antonio venga desde la cocina para contestar el teléfono... —cuando nos regañaba tenía otro tono de voz.

—Es que entró tan rápido que no me dio tiempo, mamá... —en esto mi madre entró al baño y el ruido del agua interrumpió la conversación, menos mal.

El teléfono volvió a sonar. Fui corriendo, estaba convencido de que era la tía Dada. Yo no la conocía, pero ya había hablado muchas veces con ella por teléfono, era muy gracioso que yo sólo conociera su voz. Una vez me hizo hablar con su hijo y mis hermanas y yo pasamos toda la tarde riéndonos de su manera de hablar. Yo no podía platicar, estuve a punto de tirarme al suelo de tanto reírme, y mi madre tuvo que inventar que me habían dado cólicos y que había corrido al cuarto de baño. Mi tía me hacía reír menos, porque hablaba muy despacio. Tenía, como dicen los mayores (y espero que Claudio no escuche esto, porque se burlaría de mí), "una voz dulce".

Pero no era ella la que hablaba por teléfono. Era Paula, de la Radio Nacional, que quería hablar con mi madre. Yo le dije que estaba en el baño, pero ella insistió en esperar. Paula también tenía una voz dulce. A mí me gustaba mucho oír su voz en la Radio, pero me asusté la primera vez que la vi porque pensé que una persona con su voz tenía que ser bajita, y ella era alta. Cuando oí que mi madre decía: *Sí, voy a preguntarle si quiere...*, me imaginé que sería algún asunto relacionado conmigo.

—Oye —me dijo—, Paula va a hacer mañana un programa sobre el Primero de Mayo y quiere transmitir algunas declaraciones de pioneros...[4] ¿Quieres ir?

—¿"Declaraciones"? Significa que tengo que ir allí a hablar, ¿no? —pregunté, aunque ya sabía la respuesta.

—Sí, escribes cualquier cosa y mañana ella te viene a buscar para grabarte.

4 Niños y jóvenes miembros de la OPA, Organización de Pioneros de Angola, similar al movimiento scout, pero destinado a la enseñanza de los principios del comunismo. Este modelo proviene de Cuba.

—¿Pero lo va a pasar en su programa?

—Más o menos. Creo que es para transmitirlo en el noticiario; es un mensaje de los niños para los trabajadores.

—¿Entonces voy a tener que escribir una composición, mamá? ¡Caray! Es mucho trabajo...

—No, no tienes que hacer una composición muy larga, no te dejarían leerla completa, sólo quieren unas palabras...

—¿Me puedes ayudar?

—Con el texto no, hijo... Tú escribe lo que quieras y yo lo que puedo hacer es corregirte los errores, pero el texto tiene que ser tuyo.

—Perfecto. Quiero conocer la Radio. A lo mejor Paula me deja ver los aparatos...

—Sí, tal vez. Se lo tienes que pedir.

A la hora del almuerzo mis hermanas volvían de la escuela y mi padre también regresaba. La casa se llenaba de ruidos: estaba la radio de la sala para oír las noticias, más la radio del camarada Antonio encendida en la cocina, más mi hermana pequeña que quería contar todo lo que le había pasado en la escuela esa mañana. Ella sabía que se tenía que dar prisa, porque cuando fuera la una en punto tendría que detener su relato para dejar a nuestros padres oír las noticias.

A nosotros nos aburría un poco el noticiario, porque era siempre lo mismo: primero las noticias de la guerra, que casi nunca variaban; la única novedad posible era que se hubiese dado una batalla importante, o que la UNITA[5] hubiese tirado unos postes. No era extraño que alguien dijera que Savimbi[6] era el "Robin de los Postes", y esto me hacía reír. Después había siempre algún ministro o persona del buró político que agregaba algo más. Luego venía el intermedio con la propaganda de las FAPLA.[7] ¡Ah!, lo olvidaba, a veces también hablaban de la situación en África del Sur y del ANC.[8] En fin, esos nombres se nos fueron pegando a lo largo de los años. También se aprendían muchas cosas porque a propósito del ANC, por ejemplo, mi padre nos explicó quién era el camarada Nelson Mandela, y yo supe que había un país llamado África del Sur, donde las personas negras tenían que irse a sus casas cuando sonaba el toque de queda a las seis de la tarde, y no podían andar en el machimbombo exclusivo para los blancos; y mi padre me dijo que ese camarada Mandela estaba preso hacía no sé cuantos años. Así comprendí por qué los sudafricanos eran nuestros enemigos, y por qué luchar contra ellos significaba que estábamos luchando tan sólo contra "algunos" sudafricanos, porque seguro que esas personas negras, que no tenían un machimbombo especial para ellas, no eran nuestros enemigos. Entonces también me di cuenta de que en un país, una cosa es el gobierno y otra cosa es el pueblo.

---

5 UNITA: Unión Nacional para la Independencia Total de Angola.
6 Jonas Savimbi: líder de la UNITA, muerto en 2002.
7 FAPLA: Fuerzas Armadas Populares para la Liberación de Angola.
8 ANC: African National Congress.

Después de aquellas noticias venía la información deportiva. Pero también era siempre Petro o D´Agosto el que ganaba. Bueno, el equipo de futbol de la Taag[9] después mejoró un poco, hasta le ganó once goles contra uno a otro equipo. ¡Pobres! Claudio molestó mucho a Murtala al día siguiente, creo que hasta lo hizo llorar. A la una y veinte, cuando mis padres tomaban café, apagaban la radio. El teléfono sonó, y yo estaba seguro de que sería la tía Dada.

Mi padre fue el primero en hablar con ella. Apuntó un número de vuelo y una hora, por eso supe que la tía estaba a punto de llegar. Después ella habló con cada uno de nosotros: primero con mi madre, después con mi hermana, y me di cuenta de que estaba preguntando si queríamos que nos trajera alguna cosa. Mi padre me ordenó que no pidiera muchas cosas, porque yo siempre pedía demasiados lápices de colores o blocs de cartas, y encima muchísimo chocolate. Así que tuve más tiempo para pensar y vi que cada uno en su turno pedía sólo una cosa.

—¿Estás bien, querido? —su voz era dulce, dulce.

—Sí, tía. Oye, ¿cuándo llegas?

—Llego mañana, ¿no te dijeron?

—No, no lo sabía. ¡Qué bien!... Entonces me vas a preguntar qué es lo que quiero, ¿verdad?

—Sí, hijo, dime... —dijo entre risas.

—Bueno, como sólo puedo pedir una cosa... —me giré hacia el otro lado y nadie oyó lo que le pedí.

9 Taag: Transportes Aéreos Angoleños.

Después del almuerzo, "los afortunados", como decía mi madre, iban a dormir la siesta. Ella y yo teníamos clases por la tarde; ella era profesora y yo, alumno. A veces ella me llevaba. Yo me sentaba delante, ponía el coche en neutral y encendía el motor. Como no podía hacer nada más me quedaba allí imaginando cuándo podría conducir. ¡Uy!, iba a correr un montón. Siempre soñaba con eso. A veces aceleraba un poquito para oír el ruido del motor e imaginar mejor. Si mi madre me oía, me disculpaba con ella: *Es que el coche estaba frío...* Era una disculpa muy tonta, porque a las dos de la tarde en Luanda un coche sólo estaría frío si alguien le pusiera encima un bloque de hielo.

—Muévete para allá... —dijo mi madre mientras ocupaba el lugar del conductor. A medio camino le pregunté:

—Mamá...

—Dime.

—¿La tía Dada va a traer regalos para todos? —la miré con asombro.

—Si puede los traerá...

—¿Pero ellos cuántos son en su casa?

—Ella y sus tres hijos. ¿Por qué?

—¿Pues cómo va a traer regalos para todos nosotros, que somos cinco? Y además le pedimos cosas para el camarada Antonio... ¿Su cartilla le da derecho a todo eso?

Pero ya habíamos llegado a la esquina donde yo bajaba y no tuvo tiempo de responder. Me dio un beso y me dijo que pensara en lo del Primero de Mayo para la radio, porque era para el día siguiente.

Hacía mucho calor. Algunos compañeros olían mucho a sudor, lo que es normal para quienes iban a pie a la escuela. Nos quedábamos platicando afuera del salón, con la esperanza de que el profesor no viniera. Era increíble con cuánta intensidad queríamos tener una clase libre todos los días. Si dependiera de nosotros, era eso lo que pediríamos. Como decía la profesora Sara: *Parece que no supieran que su misión es estudiar*, tal vez de ahí venía aquel eslogan que dice que el bolígrafo es el arma del pionero. La profesora también nos decía: *No se olviden que la escuela es su segunda casa*. No era buena idea decirle eso a Murtala, porque era capaz de dormirse en la clase con la disculpa de que estaba en su cuarto.

La conversación estaba animada. Bruno dijo, con aquella cara que sólo él sabía poner y todo el mundo respeta, que había un grupo de vándalos que estaba asaltando escuelas. Yo ya había oído algo de esto, pero pensaba que sería en las escuelas más lejanas, allá por el Golf. Pero Bruno parecía estar muy bien informado:

—Es cierto, compadre, el hijo de mi empleada me lo contó. Ayer ni siquiera fue a clases, vino con su madre a mi casa y tenía un montón de heridas...

—¿Y qué pasó? —preguntó alguien.

—Pues que todo es verdad, parece que son unos cuarenta...

—¡¿Cuarenta?!—a Claudio aquello le parecía exagerado. Ni siquiera los Zúa eran tantos cuando asaltaban.

—¿Zúa? ¡¿Zúa?!—continuó Bruno, con su cara más seria, reservada para las "ocasiones solemnes"—. Lo de los Zúa es un juego de niños en comparación con el Ataúd Vacío... Dicen que vienen en un camión, todos vestidos de negro; que cercan la escuela y se quedan esperando a los alumnos... entonces los agarran según van saliendo... y a los que agarran...

—Sí... ¿Qué les hacen? —gritó Murtala, asustado, con sus ojos de ratón abiertos de par en par.

—¿Que qué les hacen...? Les hacen de todo: roban mochilas, golpean, violan chicas y hacen de todo; son muchísimos y ni la policía se atreve a enfrentarlos, ¡caray!, porque también tienen miedo...

Cuando la clase comenzó, todos los chicos estaban pensando en el Ataúd Vacío. Cada quien se imaginaba una estrategia de fuga, en caso de que llegaran a nuestra escuela. Claudio iba a traer su navaja de mariposa; Murtala, que corría mucho, estaba salvado; yo me iba a quedar aturdido si en medio de la carrera se me caían las gafas, Bruno también; bueno, ¿y las chicas? ¡Pobrecitas! Pobre de Romina, que sólo de oír contar esa historia ya iba a empezar a llorar y le iba a pedir a su madre que no la llevara a la escuela durante una semana; Petra también tenía miedo, pero no quería faltar a clases. Miré a Bruno: estaba en su pupitre, muy agitado, y sudaba como si preparase una travesura. Primero pensé que estaría dibujando, pero después me llegó el olor del pegamento. Antes de que terminara la clase le pidió a Petra sus rotuladores. Nos asustó: había hecho un ataúd pintado de negro, con una calavera horrible y había escrito en color sangre: *¡El Ataúd Vacío estuvo aquí!*

En la segunda hora, la profesora Sara nos explicó que el camarada inspector nos iba a hacer una visita-sorpresa en los próximos días, que ellos no sabían cuando, pero que estaba a punto de ocurrir. Nos explicó de nuevo cómo debíamos saludarlo, que no debíamos hacer ruido, incluso pidió que viniéramos peinados, claro, esto último iba para Gerson y Bruno, que nunca se peinaban (Bruno me dijo que se había peinado por última vez cuando tenía siete años, pero creo que mentía) y rara vez se bañaban. Esto debía ser verdad, porque olían tan mal que a nadie le gustaba sentarse con ellos.

Entonces la profesora Sara regañó a Petra por estar haciendo "preguntas indiscretas". Es que Petra quería preguntar, y lo hizo, cómo es que la visita del camarada inspector iba a ser una sorpresa, si nosotros ya sabíamos que él iba a venir, a pesar de ignorar el día, y también sabíamos los temas que nos iba a preguntar, y que todo estaba preparado para su llegada.

En fin, Petra siempre hacía este tipo de preguntas, y todavía se ponía triste porque nadie la apoyaba, y la profesora la regañó. *¡Bien hecho!*, pensé, *para que no se haga tanto la sabihonda y a ver si deja de hacer tantas preguntas.*

Me desperté temprano y de muy buen humor. Tenía dos cosas maravillosas que hacer ese día: ir al aeropuerto a buscar a la tía Dada, y luego a la Radio Nacional a leer mi mensaje para los trabajadores. Pensé que estaría bien aprovechar unas cosas de la composición que escribí sobre la alianza obrero-campesina, por la que tuve un diez en Lengua Portuguesa.

Fui a abrirle al camarada Antonio. Claro que él tenía llaves y me había dicho que no era preciso, pero cada vez que yo hacía eso, no sé cómo no se daba cuenta, es porque tenía alguna cosa que contarle.

—Buenos días, camarada Antonio —abrí el portón pequeño.

—Buenos días, niño —dijo mientras metía la mano en el bolso, a ver si era más rápido y conseguía abrir la puerta de la cocina con su llave. —No es necesario, niño, yo tengo llave...

—¿Sabes a dónde voy a ir hoy, Antonio? —pensaba que él no lo sabía.

—Claro, el niño va al aeropuerto a buscar a la tía.

—¿Y después a dónde ?

—Después se regresa a la casa, niño...

—¡No, no! ¡Voy a la Radio Nacional!

—¿Sí? ¿El niño va a hablar en la radio? —sonrió y cerró el portón con su llave.

—Todavía no lo sé...Voy con dos chicos más de otras escuelas y no sé si van a pasar todos los mensajes.

Fuimos a la cocina. Me preguntó: *¿Ya matabichó, niño?*, pero yo lo que quería era hablar de la radio. Me imaginaba al camarada locutor anunciar mi nombre, a lo mejor mis compañeros también me escuchaban... ¿y si mis profesores cubanos me oyeran?, ¿eso también tendrá algo que ver con la revolución? La cabeza me daba vueltas. Estaba feliz, porque iba a recibir regalos, y por fin iba a conocer a mi tía, la de la voz dulce. Sólo esperaba que ella no fuera demasiado alta. *Coma despacio, niño, que si no le va a caer mal*, dijo Antonio, ¡pero cómo podría comer despacio, si Paula podía llegar en cualquier momento y yo tenía que estar listo para ir a la Radio Nacional de Angola!

El lugar me dejó con la boca abierta. Para empezar, en la entrada un camarada me pidió mi nombre y lo apuntó en una hoja, y me dio una tarjeta que debía colgarme en la camisa, como si yo fuera el camarada director de la radio. Me gustó mucho la tarjeta, ¡caray!, ¡era muy elegante! En la entrada había un estanque e incluso dos tortugas vivas que se paseaban de un lado a otro, y le pregunté a Paula como era posible que estuvieran allí, abandonadas, sin alguien que las vigile.

–¿Sin alguien que las vigile? ¿Para qué? –no me entendió.

–Sí, ¿qué nadie se roba esas tortugas?

Paula se rio, pero se rio porque no conocía a Murtala, que tenía una técnica silenciosa para robar cosas, incluso animales. Una vez, cuando fuimos al jardín zoológico, Claudio le apostó que no iba a conseguir robar nada, pero cuando Murtala vio a aquellos monitos quiso agarrar uno. El mono le pegó un golpe en el labio tan fuerte que hasta le sacó sangre. Claudio se dobló de la risa, pero cuando volvimos a la escuela descubrimos que aquello solo era una maniobra de Murtala. El muy tramposo lo que quería era robarse la comida del mono, y se burló de nosotros en el machimbombo de regreso, porque todos teníamos hambre y él estaba comiendo unas almendras muy ricas. ¡Pobre Murtala!, al día siguiente éramos nosotros los que nos reíamos de él, le dio una diarrea de esas que Bruno llama "de cinco en cinco" (y que hasta mucho después entendimos que eran minutos).

Paula me dijo que debíamos seguir. Pasamos por un pasillo tan limpio que hasta me quedé como tonto, caray, ¿entonces resulta que Luanda tiene sitios así de bonitos? Es exactamente eso lo que quiero decir: la Radio Nacional es bonita. Yo estaba encantado, tenía pequeños jardines por dentro, hasta pensé en pedirle a Paula que me dejara ir allí a jugar después de las grabaciones, mientras esperaba a mis padres. El estudio era pequeño y tenía una cosa en la pared que se parecía al corcho de las botellas de vino, de verdad bonito. Tuvimos mucha suerte, los otros dos pioneros y yo, porque nos explicaron cómo funcionaban los aparatos y nos dejaron hacer grabaciones de mentira. Después falló la luz y estuvimos mucho tiempo esperando a que el generador arrancara. Para distraernos, Paula hizo un juego que a mí me pareció peligroso: dijo que si queríamos podíamos decir palabrotas durante cinco minutos. Primero todo el mundo se quedó callado; después ella dijo que hablaba en serio, que podíamos decirlas; le pregunté si se lo iba a decir a nuestros padres, y ella juró que no. Está claro que los mayores saben menos que nosotros y, cuando comenzamos a ametrallar, el juego solo duró un minuto, porque fueron treinta segundos de ráfaga triple y otros treinta para que ella consiguiera hacernos callar. Yo pensaba que estaba bien entrenado, conseguí decir en veintidós segundos todas las palabrotas que conocía, incluso las peores, y aproveché otros ocho segundos para mezclarlas y combinarlas con las que acababa de oír. Pero a decir verdad, los otros chicos también supieron bastantes.

La luz volvió antes de que consiguieran arrancar el generador. Entonces corrimos a grabar los mensajes antes de que la luz se fuera de nuevo. Cuando yo iba a sacar mi papel con las cosas que había escrito, Paula me explicó que no era necesario, porque ya teníamos allí *una hoja de la redacción con los textos de cada uno*. Incluso fue más fácil, porque aquello ya venía pasado a máquina y todo.

Cuando la grabación acabó fuimos al patio. Durante algunos minutos hicimos intercambio de groserías y chistes. Aquellos chicos no me ganaban en chistes, pero tenían albures que podían hacerlo a uno llorar. A diferencia de los albures de mi escuela, los de aquellos niños eran más cortos, muy simples pero muy fuertes. Fue con ellos que aprendí estos: *tragaste cosquilla, eructaste carcajadas; el que se despierta primero en tu casa es el que se pone los calzones; bebiste agua de batería y comenzaste a arrancar,* o el famoso *diste dos vueltas alrededor del orinal y gritaste: ¡Angola es grande!* Ellos también sabían muchas historias de vándalos y todo eso, y ya les iba a preguntar sobre el Ataúd Vacío, pero en eso vino Paula a decirme que mis padres ya habían llegado.

—¿Te portaste bien? —quiso saber mi madre.

—Sí, todos nos portamos bien. Los otros chicos eran muy divertidos... —abrí la ventana y saqué la cabeza, hacía mucho calor.

—¿Cómo te fue? ¿Leíste tu mensaje?

—Al final no fue necesario, mamá.

—¿No?

—No, nos dieron un papel en la radio con sello y todo, que ya tenía los mensajes de cada uno. Yo leí uno y ellos leyeron los otros dos.

Había mucha gente en el aeropuerto, esperando en la calle. Siempre es así cuando llega un vuelo internacional. Al pie de la puerta de salida había mucho movimiento; vi a los FAPLAS corriendo y pensé que iba a haber tiros. Subí al capó del coche y espié por encima de todos.

Hacía mucho calor, y recuerdo haber sentido el olor generalizado del sudor. El tipo de olor muchas veces me indicaba qué hora era... pero aquel olor cálido y sofocante, mezclado con el olor del pescado seco, quería decir, sin duda alguna, que había llegado un vuelo nacional. No iba al aeropuerto muchas veces, pero estas cosas todo el mundo las sabía, o mejor dicho las olía. Fingí que me estaba limpiando el sudor de la frente con la manga de la camiseta y aproveché para olerme el sobaco. *Podría estar peor...*, pensé.

Subí al capó del coche y espié por encima de todos. Y sonreí: un mono muy bonito estaba saltando en el hombro de una señora extranjera, mientras un señor que creo que debía ser su marido le sacaba fotos. El mono gritaba, daba saltos mortales en la cabeza de la señora y fingía que le estaba quitando piojos. Su marido, creo que era el marido, era un señor muy blanco pero que estaba muy rojo de tanto reírse. De repente un FAPLA se aproximó por detrás y le soltó una bofetada al mono, ¡pobre! Éste saltó, dio dos volteretas en el aire, volvió a gritar, cayó al suelo y se echó a correr.

No conseguí ver de nuevo al mono porque se formó un tumulto. El otro FAPLA se acercó al marido de la señora y le quitó la cámara de las manos. Se podía oír más o menos lo que decían: el señor intentaba hablar portugués, pero el FAPLA estaba molesto, abrió la cámara así de repente, sacó el rollo y lo tiró al piso. En ese momento me parece que la señora comenzó a llorar porque se dieron cuenta de que aquello iba en serio. ¡Pobres! Seguro ignoraban que en Luanda no se podía tomar fotografías así, sin ton ni son. El FAPLA dijo: *¡La cámara está detenida por razones de seguridad de Estado!* Después les explicaron que no podían tomar fotos en el aeropuerto. Él dijo que sólo estaba fotografiando al mono y a su mujer, pero el FAPLA se enfadó y dijo que la mujer y el mono estaban en el aeropuerto, y que nunca se sabía adónde iban a parar aquellas imágenes. Bajé del capó y pensé: *Menos mal que no hubo tiros*, porque a veces las balas perdidas matan personas, como me había contado el camarada Antonio, que allá en el Golf, *principalmente el fin de semana, niño*, había personas que bebían, daban tiros al aire y ya hasta una vecina suya se había muerto sólo porque estaba durmiendo en la estera y una bala le había caído en la cabeza. *Ella nunca más despertó*, me dijo el camarada Antonio.

La tía Dada tardó años en salir. Mi sobaco ya estaba oliendo mal y yo quería que me conociera así, oloroso a limpio. La banda para recibir maletas siempre tardaba mucho, a veces desaparecía el equipaje y no valía la pena ir a reclamarlo, era cuestión de suerte o azar, como dicen los mayores. Pero cuando ella salió y se aproximó sentí que también había transpirado mucho, de modo que hubo un empate.

Ella fue una de las pocas personas mayores que he conocido que no hablaba conmigo como si fuera un tonto. Me saludó con dos besos cuando yo estaba habituado a recibir un beso de parte de los mayores, y me dijo: *Hace mucho calor, ¿verdad?*

Ahora voy a confesarlo: me gustó mucho que no fuera alta, pero lo que me gustó de verdad fue oír su voz en persona. Esa sí que era una voz dulce. *¿Me ayudas?*, me dijo y me pasó un bolso que enseguida me llamó la atención, porque adentro tenía montones de chocolates.

A medida que íbamos hacia el coche vi que buscaba algo en su bolso, luego dejó las bolsas en el suelo y me preguntó: *¿Puedes ir a llamar a aquel niño para que le tome una foto con el monito?* Miré hacia donde ella decía y me dio mucho gusto, porque el mono ya estaba otra vez alegre, daba saltos mortales en el hombro del niño y fingía que le estaba quitando piojos de la cabeza, o a lo mejor de veras lo hacía.

—¡No puedes, tía! ¡No puedes sacarle fotos al mono! —le dije, mientras colocaba la bolsa con los chocolates en el lugar donde yo me iba a sentar.

—¿No le puedo sacar una foto a ese monito tan inofensivo?

—No tía, no puedes...

—¿Y por qué?

—No sé si lo vas a entender...

—Bueno, inténtalo —dijo muy seria.

—No le puedes sacar fotografías a aquel mono..., por razones de seguridad de Estado, tía —dije con toda seriedad.

Ella comprendió que decía la verdad enseguida, pues vio a los FAPLAS y se guardó la cámara de inmediato. Luego se sentó a mi lado y no dijo nada en todo el camino hasta nuestra casa, tan sólo miraba la calle. Después abrió la ventana y parecía que estaba haciendo lo que yo hago por las mañanas: disfrutar los olores.

Encontramos al camarada Antonio en el portón pequeño. Venía muy sonriente, como si ya conociera a mi tía de algún lado. Consigo traía los aromas del almuerzo recién preparado, yo estaba seguro, porque ya no traía el delantal, lo que quería decir que estaba poniendo o que ya había puesto la mesa. Bueno, cuando él ponía la mesa faltaban *veinte minuto'* para que la comida estuviese lista.

Hacía tanto calor que la primera cosa que hicimos todos fue quitarnos las sandalias. La tía Dada subió al cuarto donde se iba a quedar y después fue a bañarse; debía morirse de calor porque se había puesto muy roja. Cuando bajó para almorzar, mis hermanas ya habían llegado a casa y también olían a sudor. En fin, no se puede hacer nada con este calor. Se fueron a lavar los sobacos antes de sentarse a la mesa.

Por casualidad, o mejor dicho no fue por casualidad, fue porque la tía Dada había llegado y tenía muchas cosas que contar, ese día no escuchamos el noticiario. Yo quería que ella me contase cómo había sido el viaje en avión, especialmente cuando el avión acelera muchísimo y parece que se va a partir en pedazos. Pero mi hermana más pequeña me guiñó un ojo, lo que ella quería era ver los regalos.

Justo después del almuerzo, y porque insistimos mucho, fuimos al cuarto de la tía Dada para abrir su maleta. Pesaba bastante y me imaginé que nos habría traído muchas cosas, pero el peso era a causa de toda la comida que nos trajo; y entre ella, mi regalo.

–Dada, ¿qué es eso? –preguntó mi madre, sin creer lo que veía.

–Son papas... ¡Tu hijo me dijo que tenía antojo de papas! –explicó, mientras recogía las papas esparcidas entre su ropa.

La suerte es que la tía Dada era muy simpática y trajo, además de las papas, un montón de chocolates.

A veces, es decir, muy de vez en cuando, había chocolate en mi casa, pero muy poquito, tres tabletas para cada uno, creo que era la primera vez que veía tanto chocolate. Pensé en la cantidad de cosas que nos trajo, y me dije a mí mismo que sin duda le había pedido a diferentes personas, con diferentes cartillas de racionamiento, que le compraran aquellos regalos. Pero ella dijo que no tenía ninguna cartilla y que eso no era necesario. Como se me hacía tarde para la escuela me vi obligado a dejar esa conversación para más tarde.

A aquella hora en la escuela siempre hacía mucho calor, y nos daba sueño. Eso me ponía de mal humor, porque en lugar de estar platicando mientras los profesores llegaban, algunos compañeros se quedaban dormidos. A lo lejos vi a Murtala llegar con el camarada profesor Ángel y su mujer, y perdí las esperanzas de que no fuéramos a tener clase.

A decir verdad pasamos una tarde muy agradable. Estábamos preparando cómo iban a ser las clases si el camarada inspector aparecía por sorpresa, aunque, como Petra nos explicó en el recreo, ya no podríamos llamar a aquello una sorpresa. Claudio siempre estaba listo para replicar, y le dijo a Petra que era una sorpresa que nosotros ya conocíamos, pero que eso no quería decir que dejara de ser una sorpresa. Nadie se interesó por la discusión porque estábamos más preocupados por la cuestión del Ataúd Vacío, si iba a aparecer o no en nuestra escuela. Murtala apostaba que sí, porque habían estado la semana pasada en una escuela al pie del mercado Ayuda-Marido, que estaba bastante cerca de la nuestra. Murtala dibujó en la arena un mapa muy bonito con la Plaza de las Heroínas, el mercado, el colegio Kiluanji, el Ngola kanini y nuestra escuela. Estuvo bien que hiciera ese mapa y nos explicara lo que él pensaba que iba a pasar, porque justo al lado Claudio dibujó un mapa de nuestra escuela, y cada uno dijo allí mismo cuáles eran las mejores rutas para huir, contando con el peso de la mochila o no, con el hecho de que los vándalos nos persiguieran o no, y hasta con la posibilidad de que los camaradas profesores cubanos –conociendo sus historias de la revolución– decidieran atrincherarse y desafiar al Ataúd Vacío.

Después de explicarnos las materias que nos podría preguntar el camarada inspector, los profesores nos ordenaron ir a hacer la limpieza. Cada grupo debía limpiar su salón más el pasillo que estaba enfrente; el patio estaba dividido en cinco grupos, el patio de dentro en otros tres y las paredes se quedaban así como estaban. Petra lo único que dijo, con aire de burla, era que la visita del camarada inspector ya estaba dando mucho trabajo.

Como acabamos la limpieza muy deprisa y había quedado todo más o menos limpio, la camarada directora nos dejó salir temprano, pero antes todavía nos formamos y cantamos el himno. Romina invitó a algunos compañeros y a los camaradas profesores a merendar a su casa, porque su hermano cumplía años y no tenía invitados, por eso su madre le había dicho que ella podía llevar amigos de la escuela. Cuando vi a Romina hablar con Murtala pensé en seguida que era una mala idea, porque Murtala era muy tragón y no mostraba respeto cuando comía en la casa de los demás.

La madre de Romina mandó a todo el mundo a lavarse las manos, especialmente a Bruno y a Claudio, que también se tuvieron que lavar los sobacos porque aquel olor era demasiado.

La mesa estaba muy bonita: tenía croquetas, bocadillos, bebidas, fruta, pay y pastel. Se nos hizo agua la boca, teníamos los ojos como platos al grado que nadie felicitó al del cumpleaños. Y el que de verdad tenía los ojos como platos era el camarada profesor Ángel, como si nunca hubiera visto tanta comida junta. Daba gusto verlo comer pan con mermelada.

Como estábamos armando mucho alboroto, y como ya no podíamos comer más, aunque la madre de Romina no paraba de traer comida, Romina puso una película para que la viéramos. Yo quería ver a la pantalla pero no conseguía dejar de mirar a los camaradas profesores cubanos, porque su cara, no sé si lo pueda explicar, se parecía más a la cara que puse la primera vez que vi la televisión a color del tío Xico: me gustó tanto que me quedé media hora oyendo las noticias en lenguas nacionales. A la camarada profesora María ya sólo le faltaba babear, cosa que no hacía porque estaba siempre con la boca llena, comiendo mermelada de fresa.

Era una película de Trinitá y estaba todo el mundo muy emocionado, incluso temblando, hasta soltábamos aplausos y todo cuando el artista esquivaba las balas. Claudio dijo: *¡Che, yo tengo un tío FAPLA que también esquiva las balas!*, pero nadie le creyó. Todo el mundo sabía que sólo Trinitá podía hacer eso. Bueno, quizá Bruce Lee también pudiera.

Así, todos distraídos, nadie se dio cuenta de que Murtala no estaba viendo la película con nosotros. Comenzamos a oír unos ruidos extraños, primero pensamos que venían de la película. Romina subió más el sonido pero parecía que venía de otro lugar. Entonces paró el video. Todo el mundo se quedó quieto, intentando escuchar.

El sonido venía de la cocina.

Teníamos miedo: nos levantamos todos despacito y pasamos por la mesa en la que ya no había más comida. Claudio dijo: *Yo te lo advertí, Romina...* Cuando llegamos a la cocina vimos que los otros platos tampoco tenían comida, las dos bandejas del flan sólo tenían un pedacito de caramelo y el pastel sólo tenía dos raciones. Pero el ruido continuaba y no se sabía de dónde venía. Alguien llamó: *Murtala... Murtala, ¿dónde estás?* El sonido se escuchó un poco más alto, como para quebrar el silencio. La madre de Romina se puso las manos en la boca y dijo: *¡Ay, Dios mío!*, y fuimos todos a ver. Atravesamos la cocina y llegamos al otro lado del refrigerador. A través de la camiseta amarilla muy rota se podía ver la barriga enorme de Murtala, hinchadísima. El tipo se había quedado atrapado y no conseguía abandonar su escondite. Claudio comenzó a reír sin parar.

Después de que arrastraron el refrigerador, Murtala se zafó y corrió al cuarto de baño: vomitó tanto que fue preciso echar cinco baldes de agua de la bañera para acabar con ese espectáculo.

Como se estaba poniendo oscuro los camaradas profesores fueron a acompañar a Murtala a su casa. Claudio solamente decía: *¿No te lo advertí, Romina?, Dime si no t'avisé...*

Cuando estaba llegando a casa vi en el portón de Bruno Viola a un grupo de muchachos y me quedé con la curiosidad. Antes de entrar en casa regresé para ver qué pasaba. Me encontré con tal silencio que parecía que eran mudos y la única que podía hablar era Eunice.

—Eran más de cincuenta, como les decía... más de cincuenta... —decía Eunice, con voz llorosa.

—Eunice, perdona, pero no exageres —decía el hermano del Caducho, aunque tenía una risa nerviosa.

—Bueno, quien quiera creer que me crea... la escuela estaba toda cercada, yo me escapé de milagro.

—¿Pero eso a qué hora fue? —preguntó alguien.

—Fue hace un ratito, estábamos en la última clase y comenzamos a oír el ruido del camión derrapando...

—¿Era el Ataúd Vacío? —pregunté.

—Era el Ataúd Vacío, pero el camión estaba lleno de hombres... —dijo Eunice, limpiándose las lágrimas. Yo imaginaba el mapa de Murtala en mi cabeza: el Ngola Kanini estaba justo al lado de nuestra escuela, de manera que el próximo ataque sólo podía ser en el Kiluanji o contra nosotros, el Juventude em Luta.

—¿Tú viste el camión? Era un camión ruso, ¿verdad? —preguntó el Pequeño, adelantándose a los detalles.

—Yo no vi el camión, pero tengo compañeros que sí lo vieron. En el camión está el ataúd... Un ataúd de verdad, de color negro. Cuando llegaron, algunos saltaron del camión y cercaron la escuela, nosotros los vimos desde la ventana, después comenzaron a gritar. Cuatro que todavía estaban encima del camión abrieron el ataúd...

—¿Y qué tenía adentro? —preguntó Bruno Viola.

—No pude ver... Me eché a correr..., cuando estaba afuera vi muchos hombres, unos setenta...

—Eran cincuenta, Eunice, ¡cincuenta! —el Pequeño hizo reír al grupo.

—¡Eran muchos y basta! Comencé a correr y miren, uno incluso me agarró aquí —mostró el arañazo—, pero yo continué corriendo y él, por suerte, me soltó.

—¿Y la policía no llegó?

—¿La policía? ¿Tú crees...? La policía tiene miedo... Estaban todos vestidos de negro, después se robaron las mochilas y una chica dijo que oyó adentro gritos de una profesora, parece que la estaban violando...

—¿Violando de verdad? —Bruno Viola siempre quería más detalles.

—Sí, dicen que ellos siempre violan a las profesoras, después les cortan las chichis y las cuelgan de los pizarrones... Si mañana hay una chichi en el pizarrón quiere decir que violaron a una profesora... —y al decir esto Eunice se marchó, debía estar agotada por la experiencia.

Cuando entré en casa mi tía dijo que estaba pálido. Es que ya me habían dicho que violaban a las profesoras y mataban a los profesores, lo que pasa es que nadie sabía lo que hacían con los alumnos desaparecidos. Por lo menos esa era la historia que la hija de la empleada de Bruno contaba que le había contado un primo suyo. Ahora, claro, todo debía ser cierto, porque la propia Eunice había visto el camión con el ataúd vacío, y ella tenía un arañazo y todo..., lo cual significaba que dentro de unos días le llegaría el turno a nuestra escuela. Tenía que llamar a Claudio para que llevara su navaja de mariposa.

Lo único que me puso de buen humor fue encontrar los chocolates que nos trajo la tía Dada. ¡Tan buenos, tan buenos, pero tan buenos, que me comí las tres tabletas en seguida!, no fuera a ser que alguien dijera que sólo podía comer cuatro cuadrados. Después fui a hablar con la tía Dada:

—Tía, no entiendo una cosa...

—Dime, hijo.

—¿Cómo es que trajiste tantos regalos? ¿Tu cartilla da para todo eso?

—¿Cuál cartilla? —por un momento me pregunté si estaría fingiendo que no comprendía.

—La cartilla de racionamiento. Tú tienes una cartilla de racionamiento, ¿no? —le pregunté, seguro de que me daría la razón.

—No tengo cartilla de racionamiento, en Portugal hacemos las compras sin cartilla.

—¿Sin cartilla? ¿Y cómo controlan a las personas? ¿Cómo controlan, por ejemplo, el pescado que te llevas? —yo ya ni la dejaba responder–. ¿Cómo saben ellos que no te has llevado pescado de más?

–Pero es que yo hago todas las compras que quiera, siempre que tenga dinero, nadie me dice que me he llevado pescado de más o de menos...

–¿Nadie? –yo estaba asombrado, y pensé que quizás ella estaba mintiendo o bromeando–. ¿Ni siquiera hay un camarada en la pescadería que te sella la cartilla cuando recoges el pescado?

Después mi hermana menor vino a preguntar algunas cosas de Matemáticas, y yo me acordé de que tenía que llamar a alguien para contarle el rumor del Ataúd Vacío. Claro que para entonces ya pensaba decir que eran unos noventa o cien vándalos, que habían traído tres camiones llenos de ataúdes y que no todos estaban vacíos, que yo pensaba que en esos ataúdes metían a los chicos desaparecidos.

Pero estaba tan cansado que me dormí.

Soñé, claro, con el camión del Ataúd Vacío llegando a nuestra escuela, soñé con los camaradas profesores cubanos enseñándonos a cavar una trinchera y a trabajar con ametralladoras akás, y que cuando ellos nos iban a agarrar porque nuestras ametralladoras no tenían balas, aparecía Trinitá con la policía y los detenían a todos.

El sueño fue tan ruidoso y lleno de confusión y tiros, que mi madre me despertó de madrugada para pedirme que no dijera tantas groserías mientras soñaba.

Me desperté de muy buen humor porque iba a ir a la playa con la tía Dada: mis hermanas tenían clase y yo era el único que la podía acompañar. Aquello era genial, porque íbamos a estar los dos solos, podría contarle mentiras y allí no habría nadie para contradecirme.

¡Buenos días, niño!, dijo el camarada Antonio cuando yo terminaba mi matabicho. *Buenos días, camarada Antonio, ¿qué tal?* Mientras tanto él colocaba los vasos en su lugar, cambiaba los platos de sitio, abría la nevera y miraba, abría la ventana de la cocina, todo solamente por hábito, no es que aquellos gestos sirviesen de gran cosa. No sé si ustedes ya se han dado cuenta de esto, pero los mayores lo hacen con frecuencia.

—Niño, ¿hoy va a pasear? —preguntó Antonio, mientras continuaba revolviendo entre las cosas.

—Sí, voy con la tía Dada a la playa. El camarada João nos va a llevar.

—¿La tía le trajo un regalo, niño? —se estaba riendo, lo que quería era preguntar si la tía había traído regalos para todos.

—¿Tú todavía no has hablado con ella, Antonio?

—Ayer la tía estaba hablando con el papá, por eso no hablé mucho...

—Hum... —sonreí—. Creo que te ha traído unos zapatos bien bonitos...

Salimos con el camarada João. No llegó borracho porque tenía respeto por las personas que no conocía aún, y sería inoportuno dar mala impresión el primer día. Es decir, creo que fue eso, porque incluso vino con una camisa recién planchadita, como si quisiera que la tía también le diese un regalo. Estábamos bajando por la Antonio Barroso.

—¿Ves eso de ahí, tía? —apunté a la rotonda.

—Sí...

—¡Allí está la piscina del Alvalade! —el camarada João se empezó a reír, él se sabía el chiste.

—Pero yo no veo ninguna piscina, hijo...

—No la ves porque estamos lejos, pero cuando lleguemos ahí la vas a sentir.

El coche se acercó a la rotonda y tuvo que disminuir la velocidad a causa de los agujeros. Había un montón de agua escurriendo por el paseo, los niños se bañaban en los agujeros y en el sitio por donde salía el agua, como si fuera la fuente luminosa de la isla que nunca llegó a funcionar. El coche parecía tener hipo.

—Ahora ya la ves, ¿verdad, tía? —yo me reía y me reía.

—¿Es aquí?

—Sí, esta es la piscina del Alvalade.

Pasamos por la Plaza de la Maianga y yo estaba rezando para que el camarada guardia de tráfico estuviera ahí. Aquel camarada tenía mucho estilo: usaba un sombrero azul muy bonito, guantes blancos como para una boda, cinto que venía del hombro, cruzaba por delante y terminaba junto a la pistola. ¡Uy, el camarada guardia de tráfico también podía disparar! Y ese día allí estaba. Mi tía no dijo nada, pero yo me di cuenta de que la impresionó. Creo que en Portugal no hay camaradas guardias de tráfico así, tan elegantes.

Después le pedí al camarada João que pasara por el Hospital Josina Machel, que mi tía pensaba que se llamaba María Pía, y yo hasta me eché a reír, me di cuenta de que aquel debía ser el nombre que los tugas, los portugueses, le daban al hospital. Pero, ¡caramba!, sólo un bromista podía ponerle nombre de lavabo[10] a un hospital. Bajamos a la Playa del Obispo. Acababan de arreglar la avenida porque el camarada presidente hacía poco tiempo que había pasado por allí, y como el camarada presidente siempre pasa a toda máquina, con motos y todo, normalmente asfaltan las carreteras antes de que pase. Hay mucha gente a la que le gusta que el camarada presidente pase por su calle, porque en un momento tapan todos los agujeros, y a veces hasta pintan las marcas de la carretera.

—Tía... ¿Portugal ya tiene un cohete?

—No, hijo, no tiene.

—Es que nosotros ya lo tenemos, y no es del tiempo de los portugueses, no vayas a creer... —apunté hacia la izquierda, donde se podía ver el Mausoleo—.[11] Es decir, en realidad todavía no está listo, pero ya casi...

---

10 Pía: juego de palabras intraducible. En portugués puede tener dos significados: persona inclinada a la piedad o bien una pila, lavabo, fregadero.

Cuando pasamos justo por la esquina, Maxando estaba en la puerta, con sus enormes barbas, el peinado rasta y aquella cara que daba miedo. Yo no sé por qué, pobre, si siempre estaba sonriendo y hablaba tranquilamente con la tía María y con la abuela, pero nosotros le teníamos mucho miedo.

—¿Pero por qué le tienen miedo a ese Maxando? —preguntó mi tía, mientras miraba al barbón.

—Dicen que fuma mucha mariguana, tía.

—¿Pero le hace daño a alguien?

—No lo sé tía, pero también tiene un caimán en su casa. ¡Eso ya no es normal! —dije yo.

—¿Un caimán?

—Sí, tiene un caimán en su jardín.

—¡¿Pero cómo?! ¿Un caimán?

—Sí tía, un caimán, de esos muy largos. Tenía un perro, al perro lo atropelló un militar y como el militar no tenía otro perro para reponérselo le consiguió un caimán —esto era verdad, todos en la Playa del Obispo lo sabían.

—¿Y dónde duerme ese caimán? ¿Está atado?

—Sí, está siempre atado, duerme allí mismo en la casa del perro —no había manera de que mi tía me creyera.

—Pero hijo, ¿tú ya has visto ese caimán?

—Yo nunca lo he visto tía, pero todo el mundo sabe que él tiene allí el caimán... Lo que pasa es que ese caimán solo sale a ver a Maxando, porque sólo él le da de comer...

11 Mausoleo: edificio con la forma de un cohete que nunca se acabó de construir.

Pasamos por la fortaleza y entramos en el paseo marítimo. Enseguida vi que la zona estaba llena de militares, pero pensé que se trataba de alguna reunión allá arriba, en el palacio. En el paseo marítimo había FAPLAS con ametralladoras y obuses, y de repente comenzamos a oír las sirenas. *Debe ser el camarada presidente que va a pasar*, expliqué, tal vez en Portugal fuese diferente y ella no lo supiera. El camarada João arrimó el coche de inmediato a la banqueta, frenó, lo paró, lo puso en punto muerto y salió. Yo también salí del coche sólo que la tía Dada no acababa de salir. Vi a lo lejos los mercedes que venían a toda velocidad, y estaba preocupado porque la tía Dada no se salía. Como ya era tarde para dar la vuelta y nunca se podía correr en estas situaciones, le grité por la ventanilla:

—¡Tía, tía, tienes que salir del coche! ¡Rápido!

—¿Pero por qué? Yo no quiero hacer pipí —ella estaba sentada, ¡impresionante!, y encima reía.

—No es para hacer pipí tía, tienes que salir del coche y quedarte quieta aquí fuera, aquellos coches negros son del camarada presidente.

—¡Oh, hijo!, no es necesario, va a pasar del otro lado de la calle.

—Doña Eduarda, por favor, salga del coche... —el camarada João temblaba como si tuviera fiebre.

—¡Tía, en serio, sal del coche! —le grité.

Hacía sol. Mi tía salió del coche y dejó la puerta abierta. Me quedé más tranquilo, aunque no se puso en posición de firmes. Lo peor fue que cuando los coches pasaron muy cerca, ella metió la mano por la ventanilla para coger su sombrero. *¡Tía, no!*, le grité. Creo que se asustó y se quedó quieta. Pasaron las motos, después dos coches, uno más; y en el último, que tenía las ventanas todas oscuras, creo que iba el camarada presidente. Después aún le tuve que pedir que se quedara quieta, porque sólo podíamos entrar al coche pasado un rato. El camarada João estaba transpirando. Volvimos al coche.

—¡Ay, hijo, qué ceremonia!

—Claro... de lo que te has escapado es de ver la ceremonia de tiros que iba a haber si algún FAPLA te hubiese visto moverte. Parecía que estabas bailando, y encima te ibas a poner el sombrero...

—¿Pero siempre que el presidente pasa ustedes tienen que ponerse firmes? —no podía creerlo.

—No hace falta ponerse tan firme, pero tienes que salir del coche para que vean que no estás armado, o que no vas a intentar algo... —yo también transpiraba.

—¿Ah, sí?

—Pues sí, y yo me asusté de verdad cuando fuiste a buscar el sombrero, porque los coches ya estaban demasiado cerca y podían pensar que ibas a coger otra cosa...

El camarada João no conseguía silbar. Claro que no pasó nada, pero pudo ocurrir cualquier cosa.

Continuamos en dirección a las playas, el mar estaba picado, un poquito picado, estaba de ese color que no se sabe si es verde, si es azul, o qué es. *¿De qué color está el mar, tía?*, yo quería saber si ella iba a decir verde o azul, porque mis hermanas siempre veían el mar azul, nunca conseguían ver el verde. *Está oscuro...*, *está verde...*, ella se dio cuenta de que la pregunta tenía truco. *¿Tú qué crees, João?*, el camarada João tan sólo se rio, y supe que no quería participar en la conversación.

—Entonces voy a contarte un secreto, tía...

—Dime, hijo.

—¡El mar está *verzul!* —yo me reía, me reía.

Fuimos a dar la vuelta casi al fondo, hasta donde se podía ir con el coche, y vimos las barricadas. *¿Qué es eso?*, mi tía le preguntó al camarada João. *Es un cuartel... un cuartel*, respondió él. Había militares soviéticos vigilando la entrada. Los soviéticos siempre ponían cara de malos, todos tan pálidos por más sol que tomasen, a veces se ponían como langostas.

—Ya podemos quedarnos aquí, ¿verdad? —preguntó ella.

—No, aquí no podemos, tía... vamos allí, más hacia el lado de la rotonda.

—¿Pero no nos podemos quedar aquí, en esta playa tan "verzul"? —me sonrió.

—No, tía, aquí no se puede. Esa playa tan verzul es de los soviéticos.

—¿De los soviéticos? ¡Esta playa es de los angoleños!

—Sí, no era eso lo que quería decir... es que sólo los soviéticos se pueden bañar en esa playa. ¿Ves aquellos militares en los extremos?

—Sí, los veo...

—Vigilan la playa mientras otros soviéticos se están bañando. No vale la pena ir allí porque son muy malhumorados.

−¿Pero por qué esa playa es de los soviéticos? −ahora sí estaba asombrada.

−No lo sé, la verdad es que no lo sé. A lo mejor nosotros también deberíamos tener una playa sólo para angoleños en la Unión Soviética...

El camarada João nos dejó en la playa, nos iba a recoger más tarde, antes de la hora del almuerzo. Extendimos las toallas y fuimos a bañarnos, pero a mí el agua de la isla siempre me parece un poco fría. Claro que mi tía dijo que estaba de maravilla. Nadamos y después nos sentamos en las toallas:

−Tía, en Portugal, cuando su camarada presidente pasa, ¿ustedes no salen del coche?

−Bueno, yo nunca he visto al presidente pasar, pero te garantizo que nadie sale del coche; es más, a veces ni se sabe que el presidente anda en coche.

−¡Hum!, no me lo creo. ¿No tiene motos de la policía para avisar? ¿No ponen militares en la ciudad?

−No, militares no ponen. A veces, si es una comitiva muy grande, avisan a la policía para alejar el tráfico, pero es una cosa muy rápida, el presidente pasa y listo. Claro que los coches se apartan, también es obligatorio, pero es porque oyen las sirenas, ¿entiendes?

−Sí.

−Pero cuando, por ejemplo, el presidente sale el domingo y va a casa de algún amigo o va a comprar el periódico, ya no lleva a la policía, a veces hasta va a pie −hablaba en serio, eso es lo que me impresionó.

–¿Su presidente va a pie? –me eché a reír–. ¡Caramba! ¡Le tengo que contar eso a mis amigos! Ellos que se burlan de los presidentes africanos... Un presidente africano, tía, sólo anda en mercedes, ¡y a prueba de balas!

Abrimos la bolsa de los bocadillos. Mi tía no tenía apetito, pero después de nadar y correr uno está hambriento. Comí con ganas. Ella me dijo que no iba a tener apetito para el almuerzo, *Apetito nunca falta, tía, no te preocupes*, respondí como si ya fuera mayor. Después la tía Dada me preguntó cosas de Luanda: cómo era la escuela, si me gustaban los profesores, qué aprendíamos, cómo eran los profesores cubanos, etcétera. Y me hizo mucha gracia la cara de asombro que puso cuando le conté que en Luanda había muchos ladrones, pero que era una profesión peligrosa...

–¿Una "profesión" peligrosa? ¿Y por qué?

–¿Cómo que por qué, tía? Es muy arriesgado... –comencé a explicar–. Si el asalto sale bien no hay *makas*, hay sólo ganancias al día siguiente. Pero si te atrapan, ¡uy!, ¡tu salud está en riesgo!

–"Makas" significa "problemas", ¿no?

–Sí, "maka" es problema, asunto, y puede ser maka gorda o simplemente maka...

–Y ésa de los ladrones, ¿qué tipo de maka es?

–Eso es lo que te estoy explicando... ¡Si te atrapan, entonces es maka gorda, de las de verdad!

–¿Por qué?

–Mira tía, por ejemplo, en el barrio de Claudio atraparon a un ladrón, pobrecito, lo único que le gustaba era robar lámparas, debía ser el negocio que tenía en el mercado

Roque Santeiro, o yo que sé... Bueno... pues agarraron al tipo y le dieron una golpiza tan grande, tan grande, pero tan grande ¡que al día siguiente volvió allí en busca de su oreja, tía!

—¿De su oreja? —se rascó la oreja.

—Sí, la perdió allí, el propio Claudio fue el que le mostró dónde estaba, porque ellos la habían visto por la mañana, ¡pero no la tocaron pensando que era un embrujo!

—¡Ay, Dios mío...! —comentó, impresionada.

—Pero espera... Te voy a contar otras historias más calientes...

—¿Más "calientes"? —ése era el problema de hablar con personas de Portugal, había palabras que no entendían.

—Sí, más calientes. Es decir... mira, por ejemplo, en la Martal cuando cogen a un ladrón él cree que lo van a tratar bien.

—¿Por qué?

—Porque en la Martal nadie le pega a los ladrones. Es más, dicen que hay ahí un señor muy viejo, que tan pronto aparece, el linchamiento se acaba. Bueno, claro que cuando agarran al ladrón primero tiene que aguantar unos golpes y unos puntapiés, pero después llega ese señor y nadie más toca al ladrón.

—¿Entonces qué es lo que hacen?

—Espera, ya lo sabrás... continuaremos en el próximo episodio... —pero en lugar de reírse mi tía puso una cara extraña.

—¿Cómo que "continuaremos en el próximo episodio"? ¿Cómo?

—Tranquila, tía... —saqué un refresco de la bolsa, lo abrí, le di un trago—. Entonces, ese viejo, o ese *kota*, como decimos aquí, llega y le dice a todo el mundo que se vaya a dormir. Sólo algunos hombres se quedan con él, llevan al ladrón a algún patio de por allí y le ponen la inyección. Y el ladrón en ese momento se detiene.

—¿Una "inyección"? ¿Pero es que ese tal "kota" es enfermero? —cuando dijo esto me reí con ganas.

—¿Enfermero de dónde, tía? ¿Cómo que enfermero? ¡La inyección que le ponen es con agua de batería! El tipo se para en ese momento.

—¿Se para? ¿Cómo que "se para"?

—¡Se detiene! Se detiene para siempre, *stop*, se apaga, ¡cuelga los tenis! ¡Se muere!

La tía Dada ya no se quiso comer su bocadillo, creo que la historia la había dejado indispuesta, o yo qué sé.

—¿Pero eso es verdad, hijo? —ella quería que le dijese que no.

—¡Hasta te puedo presentar a un compañero que vive en ese barrio, tía!

Cogí su bocadillo y le pregunté si lo quería, pero como no lo quiso, me lo comí. Como la vi impresionada ya no le conté lo que andaban haciendo en el Roque Santeiro cuando agarraban ladrones, ¡pobres! Les ponían un neumático y petróleo, y se quedaban allí viendo al hombre correr de un lado para otro, pidiendo que lo apagaran. No lo sé, hay quien dice que cuando quemaban a los ladrones con neumáticos, los asaltos disminuyeron, pero no lo puedo confirmar. Ella tampoco sabía que en Mozambique les cortaban los dedos.

—¿Les cortan todos los dedos? —ya se iba a asustar otra vez.

—No, tía, les cortan uno cada vez. Un asalto, un dedo, ¿entiendes?

Para que la conversación se pusiera más leve, también le conté algunas historias que sabía de ladrones que escapaban, como aquél al que perseguía un policía en la Playa del Obispo, cuando alguien gritó: ¡*Atrapen al ladrón!*, y otro policía pensó que ese policía era el ladrón y le metió un tiro por la espalda; el bandido huyó y se iba riendo.

—Es decir, que hay muchos tipos de ladrones, ése era un suertudo.

—Ah, claro, pero también están los que tienen mala suerte... mira, en el edificio de Bruno...

—¡Ay, hijo!, ¿esta historia también acabará muy mal?

—No, no. Creo que ésta sí la aguantas —se rio—. En el edificio de Bruno un ladrón estaba asaltando el quinto piso, pero había un kota en el sexto piso que se encargaba de estos asuntos; lo llamaron, se despertó, saltó por un agujero que había justo en el sexto piso y cayó encima del ladrón, sólo que el tipo con el susto se puso a correr hacia las escaleras, pero... mira qué mala suerte, allí también había un guardia esperándolo...

—¿Y qué fue lo que hizo? Y no me vayas a decir que continuará en el próximo episodio...

—No, no hay intermedio... ¡Metió el turbo, saltó y se tiró del quinto piso!

—¿Y murió?

–¡Claro que no! Cayó, parecía que estaba como muerto, pero apenas tardó dos segundos en recuperarse. Vio para todos lados y se levantó tan campante, cojeaba, pero aún así corrió. Sí, tía, como te lo cuento: aquí en Angola los cojos, los lisiados y las personas en silla de ruedas son los que más corren...

–Pero éste se escapó, ¿verdad?

–¡Qué va! Claro que no... fíjate en la mala suerte del *individuo* –pensé que aquella palabra quedaba bien en ese momento–, pasaba un coche de la policía y lo agarran. Bruno dice que hasta sintió pena por él, ¡caramba!, ya casi había conseguido escapar... Pero la mala suerte es así, lo persigue a uno.

Cuando el camarada João vino a buscarnos el calor ya era insoportable. Miré hacia los árboles, los pájaros estaban allí sentaditos, no se movían, seguro que estaban sudando. Al otro lado de la calle había puestos que vendían pescado seco, ese sí, cuanto más se quedara al sol, mejor. Aquel olorcito me abrió el apetito. Hay a quien no le gusta el aroma, pero yo creo que el pescado seco huele muy bien, es jugo concentrado de mar.

Cuando ya volvíamos a casa pasamos por la Plaza del Kinaxixi, porque yo quería que la tía Dada viera el camión blindado que estaba allí encima.

–Tía, ¿en Portugal hay un camión blindado así, en lo alto de una plaza?

–No, creo que no hay...

—¡Pues aquí sí! Esta plaza es la plaza del Kinaxixi —le dije.

—Pues antes lo que estaba en la plaza no era este tanque, ¿sabes? —ella miraba el tanque con atención, iba a sacar una fotografía pero yo le dije que mejor no, había muchos FAPLAS en la calle.

—¿Era otro tanque? ¿Más grande o más pequeño? —yo no sabía que aquel ya era el segundo camión blindado.

—No, no has entendido...

—¿Entonces?

—En lugar del tanque había una estatua.

—¿Una estatua? ¿Qué estatua?

—La estatua de Maria da Fonte[12] —lo dijo con mucha seguridad.

—¿Fonte? No sé de qué me hablas, tía... Aquí en Luanda las únicas fuentes que tenemos son las que echan agua con fuerza, cuando se revienta algún tubo... —cuando dije esto el camarada João se rio.

Cuando llegamos a casa nos estaban esperando para almorzar. Daba envidia: mis hermanas todavía tenían montones de chocolate. Siempre pasaba lo mismo, yo era el primero en acabarme las cosas.

Mi tía se fue a bañar. No entiendo por qué, dicen que el agua salada hace bien a la piel, ¿para qué ir corriendo a bañarse? En mi casa también tienen esa manía: a toda hora baño, baño, yo creo que no hace falta, a lo mejor basta con

12 María de la Fuente: nombre que se dio a la revolución que estalló en el norte de Portugal, en mayo de 1846, contra el gobierno de Costa Cabral.

uno cada dos días, o algo así. Mis hermanas dicen que los chicos son todos así, no les gusta bañarse, pero yo tengo una compañera que sólo se baña una vez por semana. Y es que en su casa el agua sólo llega una vez cada ocho días, entonces llenan la bañera y después tienen que ahorrar el agua durante una semana.

—¿Cómo les fue, hijo? —mi madre vino a darme un beso.

—Muy bien —también le di un beso—. Vimos pasar al camarada presidente por el paseo marítimo.

—Ahh...

—Pero la tía Dada quería que le dieran un tiro...

—¿Por qué? —preguntó mi padre.

—Pues porque no sabía que tenía que salir del coche, y todavía intentó meter la mano para coger el sombrero, justo cuando el camarada presidente iba a pasar... —me senté—. Suerte que los FAPLAS no vieron nada...

Era la una menos diez. Mi padre encendió la radio, pero todavía estaban dando sólo música. Cerré las puertas, las ventanas, y encendí el aire acondicionado, o aire "aconcionado" como decíamos nosotros. Sentí el olor de la comida que venía desde la otra sala: era pescado a la plancha, con certeza absoluta.

—Mamá...

—Dime, hijo.

—¿Tú sabías que en Portugal el presidente sale a la calle solo y va a comprar el periódico sin guardaespaldas?

—Sí, hijo, si hay condiciones de seguridad para eso.

—Bueno, por lo menos el domingo debe haber, porque la tía Dada me ha dicho que el presidente portugués el domingo siempre va a comprar el periódico a pie... ¿Pero eso es verdad, mamá?

—¿Si es verdad qué?

—Que no pone militares en la calle para salir de su casa. Que se pasea así, solo... ¿Y si hay fila en el puesto de periódicos? —me reí—. No creo que se quede esperando...

Almorzamos.

Yo quería saber si había habido problemas en las otras escuelas, y si el Ataúd Vacío había aparecido cerca de la escuela de mi hermana mayor, porque según el mapa de Murtala su escuela debía ser la siguiente. Ella dijo que no, que habían visto un camión y gritaron, pero que los profesores no dejaron salir a nadie de los salones. ¡Y menos mal!, porque era sólo un camión que iba en dirección al cuartel. Pero claro, ¿cómo es que no había pensado en eso?, ellos nunca irían por la mañana a la escuela de mi hermana. Por la mañana ellos debían estar durmiendo, por eso habían ido a la escuela de Eunice por la tarde y también habían ido al Mutu-Ya-Kevela por la noche.

Cuando llegué a la escuela, en cuanto vi la cara de Romina, me di cuenta enseguida de que pasaba algo. Estaban todos afuera, con las mochilas a la espalda, y nadie quería entrar a clases.

—¿Pero qué pasa? —pregunté.

—Allá, en el salón... —dijo Romina, casi llorando.

—¿Allá en el salón qué? —su voz me dio miedo.

—Hay un mensaje...

Claudio y Murtala me agarraron por los brazos, aunque yo no quería ir, y me empujaron. Entramos al salón.

¡Mira allí!, me dijeron mientras miraban nerviosos hacia fuera, en dirección al Kiluanji, que estaba junto a la carretera que venía del mercado Ayuda-Marido, de donde los vándalos iban a venir, según Murtala. *¿Pero a dónde quieren que mire?*, yo no veía nada. *¡Allí!*, apuntaron de nuevo.

La pared tenía mil y una inscripciones hechas con rotulador, gis, lápiz de color, sangre, pintura, y alguna cosa más, y ellos querían que yo mirase "allí", pero de pronto leí la frase: *¡El Ataúd Vacío pasará aquí, hoi, a las cuatro de la tarde!* Me estremecí.

—Pero Bruno... —Petra ya venía con su teoría—. Ese "hoi" no quiere decir que sea hoy mismo. ¡Nadie sabe desde cuando está eso ahí!

—¡Está exactamente ahí desde hoy mismo! —Bruno también estaba nervioso—. ¿Si no cómo es que nunca lo habíamos visto? ¡Vamos, di! ¿Tú ya habías visto eso ahí? ¡Eh!, doña experta —Petra se quedó callada.

—Bueno... —dijo Claudio— el problema va a ser convencer a los profesores de que eso es verdad.

—Pues sí... —Romina ya no tenía más uñas para roer, le tuve que decir que se iba a sacar sangre.

—Ellos nunca nos creen, pero son los primeros en echarse a correr... —continuó Claudio—. ¿Qué es lo que vamos a hacer?

—Según mis cuentas todavía podemos tener una falta colectiva... Si todos están de acuerdo, nadie entra a clase —dijo Petra.

—Pero eso no es tan simple, Petra... —dije yo—. Aunque faltemos a la clase de las cuatro, imagina que ellos vienen con retraso, o llegan más pronto, ¿y entonces qué?

—Ah, es verdad...

—Bueno, entonces sólo tenemos una salida...

—¿Y cuál es? —Bruno, mientras observaba hacia el muro. Debía estar buscando el sitio más bajo para saltar.

—Vamos a clases, pero que todo el mundo se quede con las mochilas a la espalda... Si pasa algo, sálvese quien pueda, es decir, ¡a correr!

Romina tenía lágrimas en los ojos. Sentí pena por ella, casi sabía lo que estaba pensando: a veces, cuando había situaciones así, de peligro, no conseguía moverse, se quedaba paralizada. Y ella sabía que iba a ser justo como Claudio estaba diciendo: si sucediese alguna cosa todo el mundo iba a echarse a correr, y nadie querría saber de los demás, siempre era así. Murtala estaba tan nervioso que no decía nada. Yo ni siquiera conté la historia de Eunice para no poner al grupo más nervioso, especialmente a Romina.

En la primera hora sacamos los cuadernos y escribimos como si fuera un día normal, pero estábamos bien atentos. Los que se encontraban cerca de la ventana, en especial Bruno, Filomeno y Nucha, ya ni siquiera estaban sentados; estaban todo el tiempo vigilando. Vimos un camión y todo el mundo cogió las cosas y comenzó a levantarse. La camarada profesora Sara se asustó, no entendía lo que estaba pasando, pero cuando ya íbamos a huir Murtala dijo: *No hay maka, es el camión del Partido*. Respiramos profundo, pero todo el mundo se quedó con la mochila a la espalda.

La camarada profesora Sara era muy buena. Como vio que nadie tenía ganas aprovechó para explicar los detalles del desfile del día siguiente, pero ella tampoco sabía gran cosa, le habían dicho a última hora que nuestra escuela había sido convocada. Nos dijo que fuéramos uniformados, limpios, que no nos olvidáramos del pañuelo de la OPA, y que quien quisiera podía traer cantimplora. La concentración era allí en la escuela a las siete y media, y después íbamos a marchar hacia la Plaza Primero de Mayo. Eso quería decir que íbamos a marchar con los trabajadores y otros alumnos, y que íbamos a ver al camarada presidente sentado en la tribuna.

En el recreo el rumor del Ataúd Vacío se extendió por otros salones. Un profesor zairense del salón número tres recogió sus cosas y se retiró. Según Murtala aquello significaba que o el profesor era inteligente, o sabía muy bien a que hora vendría el Ataúd Vacío. Los pasillos estaban bastante llenos. Nadie había dejado las mochilas en el aula, y había quien incluso ya estaba sentado en los muros y buscaba una polvareda a lo lejos, alguna señal que indicara que el camión ya venía.

Claudio no había traído la navaja y Murtala había venido con sandalias, lo que le iba a dificultar la carrera; Romina y Petra llevaban falda, eso sólo podía facilitar las violaciones; y Nucha menos mal que tenía la correa de las gafas e iba a poder correr, mientras que a mí, con el sudor y el armazón de los lentes todo torcido, seguro que se me iban a caer durante la carrera. Así que me los quité y los guardé en el bolsillo. El mundo se volvió borroso, *Pero no importa*, me dije y fijé la vista en el punto más colorido que encontré, justo en el árbol que estaba junto al muro que yo había escogido para saltar. *Ahora sólo tengo que ser rápido y no caerme durante la carrera.* Caerse tendría consecuencias espantosas, todo el mundo lo sabe, cuando uno se cae los otros lo pisan, nadie se detiene para ver, nadie te ayuda, vas a ser pisoteado por todos los que vayan corriendo y, si aún estás consciente, verás al hombre del Ataúd Vacío que se te acerca sonriendo, a lo mejor con una navaja en la mano.

−¿En qué estás pensando? −me preguntó Romina, con la voz temblorosa.

−Ro... −me puse los lentes para verla mejor. Durante la próxima hora nos sentamos juntos, allí en el pupitre junto a la puerta−. Si pasa alguna cosa nos echamos a correr...

−Está bien, está bien... −estaba de veras nerviosa−. ¿Y hacia dónde corremos?

−¿Ves aquel árbol bajito de allí?

−Sí, lo veo...

−Salimos corriendo de la clase, si hay mucha gente en el pasillo saltamos en seguida la verja que está enfrente del salón, corremos hacia aquel rincón donde hay un agujero y, si conseguimos atravesar rápidamente la avenida, llegaremos al edificio del Partido. Allí no pueden hacernos nada...

−De acuerdo, de acuerdo...

−Lo único es que no podemos caernos, Ro, no podemos caernos...

−¿Y si nos caemos?

−No podemos caernos... Ten cuidado porque los mayores nos van a empujar. Lo único que tenemos que hacer es correr en dirección del muro... −y volví a guardarme las gafas.

El camarada profesor de Química entró al salón, vestía pantalones de militar. Eso no era nada bueno, porque podía enfadar aún más a los hombres del Ataúd Vacío. Claudio me hizo una señal, preocupado, y se puso las manos en los pantalones para llamarme la atención, pero yo ya había pensado en eso.

—¿Pero qué es lo que pasa? ¿Nadie ha traído los cuadernos hoy? —comenzó a escribir el tema del día.

—No es eso, camarada profesor. Es que hoy vamos a tener una visita...

—¿Una visita? ¿Es hoy la visita-sorpresa del camarada inspector? —se examinó los pantalones gastados.

—No, camarada profesor —dijo Claudio—. Parece que es otra visita, está allí escrito... —apuntó hacia la pared.

—¿Dónde, ahí arriba? —hacía esfuerzos con la vista para leer—. ¿Y qué es eso del Ataúd Vacío?

—Es un problema, camarada profesor, un problema... —Petra también tenía miedo.

—¿Pero es por eso que tienen esa cara? Están muertos de miedo... ¿Pero por qué?

—Son los del Ataúd Vacío, camarada profesor, ¿nunca ha oído hablar de ellos?

—No me importa si son los del ataúd vacío o los del ataúd lleno... ¡Esto es una escuela y ellos aquí no entran! —y golpeó con el puño en el escritorio. Pero aquello no nos impresionó, porque ese profesor no sabía bien lo que era el Ataúd Vacío.

—Claro que van a entrar, hasta van a entrar con un camión...

—No quiero que pongan esa cara... ¡Están pálidos de miedo! Miren, la escuela también es un sitio de resistencia... ¿Qué quieren esos payasos?

—Lo quieren todo, camarada profesor, se van a llevar a algunas personas con ellos, van a violar a profesoras y no sé bien lo que les hacen a los profesores... —Claudio dijo aquello así, con voz de terror. Pero el camarada profesor no estaba asustado.

—Miren, les garantizo que no van a hacer nada de eso..., no aquí en nuestra escuela. Hacemos una trinchera; si fuera necesario entramos en combate con ellos; nos defendemos con los pupitres, con palos y piedras, pero ¡luchamos hasta el fin! —golpeó de nuevo con el puño en la mesa, pero ya estaba sudando.

—Pero camarada profesor, ¿cómo vamos nosotros a luchar si ellos tienen akás y pistolas makarovs?

Cuando el camarada profesor iba a responder, un compañero junto a la ventana gritó: *¡Ay, mi madre!*, y todos sentimos un fuerte escalofrío subir desde los pies, recorrer la espina dorsal, calentar el cuello, erizar los cabellos y llegar a los ojos casi en forma de lágrimas.

Claudio preguntó antes de levantarse: *¿Qué viste?*, y el compañero de la ventana respondió: *No consigo ver nada, hay una polvareda, ¡pero viene muy rápido!* No fue preciso decir nada más, y si alguien dijera algo nadie lo iba a oír, porque el griterío comenzó en mi salón, se pasó al salón número dos y, antes de que yo tuviera tiempo de quitarme los lentes, ya toda la escuela armaba un griterío increíble. No sé si todos sabían muy bien por qué estaban gritando.

Romina me agarró la mano con mucha fuerza y pensé que me había dislocado las falangetas, pero cuando la miré, vi que estaba en "estado Petra"; es decir, petrificada, al grado que no se podía ni mover. La mire y le dije: *¡Vámonos, Ro!* Y nos hubiéramos echado a correr fuera del salón si el camarada profesor no se hubiese puesto en el camino de la puerta.

−¡De aquí no sale nadie! −gritaba él, más alto que todos los gritos de la escuela−. ¡Nos quedamos aquí hasta la muerte; vamos a combatir al enemigo hasta el final; vamos a defender nuestra escuela!

La suerte fue que en medio de la confusión Isabel se puso delante, y ella era casi tan grande como el camarada profesor. Como todos estaban empujando él no se consiguió agarrar de la puerta y lo apartaron del camino. Casi se hizo daño cuando se golpeó contra las verjas del otro lado del pasillo.

Había un gran barullo en toda la escuela, y parecía que las imágenes iban pasando en cámara lenta, pero no era eso: éramos tantos intentando salir por la puerta, que realmente avanzábamos muy despacito. Me acuerdo de ver la cara de Luaia con la boca toda abierta, apoyada en la pizarra e intentando retroceder en dirección a la ventana, cuando todo el mundo ya estaba caminando hacia la puerta. Le pasaba siempre lo mismo: sucedía algo y a ella le daba una crisis de asma.

En el pasillo fue mucho peor: era estrecho y estaban los tres grupos intentando salir de los salones, de modo que sólo los alumnos mayores conseguían empujar a los otros.

Daban cabezazos, codazos y golpes para pasar más rápido. A lo lejos, destacada, vi a Isabel meter velocidad turbo y dirigirse hacia el agujero en el muro que yo le había señalado a Romina. Otros comenzaron a ir en dirección a la oficina de la camarada directora, como si eso fuera a ayudar en algo. Romina me gritó:

—¡Vamos con la profesora Sara! —y quiso tirar de mí.

—¡No, Romina, no! ¡Es hacia allá a donde ellos irán primero! ¡Vamos a correr!

La polvareda del patio comenzó a levantarse y el ambiente se puso aún más extraño.

En medio de la confusión podía oír las voces de Claudio, de Murtala, de Bruno que, nervioso, comenzó a dar esas carcajadas enormes, que sólo él daba, y de Petra, que lloraba, y la mochila de alguien, no me acuerdo de quién, que todo el mundo estaba pisando. En medio de la confusión yo intentaba hacer cuentas: *¿El camión ya habrá entrado en la escuela? ¿Pondrán el cerco fuera y nos agarrarán justo después de saltar el muro? ¿Irán a dar tiros, o las armas serán sólo para asustarnos? ¿Conseguiremos correr hasta el muro sin caernos?* En medio de la confusión miré hacia atrás: no veía al camarada profesor de Química, no veía a Luaia, no veía a Petra y sólo podía correr, correr en dirección al muro.

Salimos del pasillo. Ahora sólo teníamos que conseguir no caernos en medio del polvo y los compañeros. Había más espacio del que yo pensaba, porque las personas estaban saltando el muro en sitios diferentes, y ¡menos mal!, porque si no iba a ser un problema pasar por el agujero todos al mismo tiempo.

Fue justo en ese momento cuando me sucedió una de las cosas más fantásticas y asombrosas que he visto en mi vida: estábamos corriendo a mucha velocidad, yo corría bien las distancias cortas, sólo que no podía correr durante mucho tiempo porque también sufría de asma; Romina llevaba falda y también corría bastante, por lo tanto creo que los dos íbamos muy rápido. De cualquier forma era lógico que corriéramos más deprisa que la persona que nos rebasó. Era la camarada profesora de Inglés, una maestra bajita que, por lo visto, se había preparado para correr, porque tenía la cartera puesta en diagonal, de manera que ya no se tenía que preocupar por ella; tenía los lentes en la mano izquierda, yo la vi, y tampoco se tenía que preocupar por eso; la falda, que debía ser larga, la llevaba atada tipo minifalda, lo que me dejo ver aquello que les voy a contar, lo crean o no: mi camarada profesora de Inglés, todo el mundo lo sabía, era lisiada. Tenía una pierna más delgada que la otra, como si fuera un dibujo larguirucho que no quedó muy bien. Pero en medio de aquella polvareda, mientras Romina y yo corríamos con todas nuestras fuerzas posibles, he aquí que surgió la camarada profesora y nos adelantó tan rápido que sólo pudimos fijarnos en esas tres cosas (cartera, lentes y falda). Yo sólo me fijé en la falda y en los lentes, fue Romina la que me dijo más tarde que ella llevaba la cartera así como atada.

Bien, como iba diciendo, la profesora se nos apareció por el lado izquierdo, muy rápida, mirando hacia delante y con la cabeza girada un poco hacia arriba (Romina fue la que me lo dijo). Pero su secreto estaba en el modo de usar las piernas para correr, ¡Dios mío!, déjenme ver si lo consigo explicar: mientras la pierna buena tocaba el suelo con toda su fuerza, pero también con una fuerza que parecía que iba a dar lugar a un salto, la pierna más delgada daba dos simulaciones en el aire, como si fuese a tocar el suelo pero sin tocarlo. Después la pierna buena volvía a tocar con fuerza el suelo, tan rápido y tan fuerte que yo sólo debo haber visto la pierna buena tocar unas cuatro veces el suelo antes de que ella desapareciera del otro lado del muro. Romina y yo casi perdemos la concentración al correr. Aquello debía ser una técnica secreta para correr con rapidez en situaciones de miedo, pero yo conseguí verla porque ella se había subido la falda. Yo nunca me voy a olvidar de esa pierna finita dando dos vueltas de balance, o de avance, mientras la pierna buena tocaba el suelo y la hacía correr. Algunos camaradas me preguntaron si ella estaba saltando. No lo supe explicar. Creo que estaba corriendo, pero la verdad es que me adelantó a mí, a Romina y a tres más, y saltó el muro sin poner las manos en la pared, estirando para un lado la pierna buena y recogiéndose la fina con el brazo.

Yo ya he visto personas correr con ganas, perseguidas por un perro; ya he visto a un lisiado correr por nerviosismo; ya me han hablado de un ladrón que saltó de un quinto piso; he oído decir que había un niño bajito que le pegaba a los mayores más gordos, pero la verdad es que cuando Romina y yo saltamos el muro ya no vimos a la camarada profesora de inglés. Casi nos atropellan al atravesar la avenida Ho Chi Min y como había todavía mucho, pero mucho griterío en la escuela, corrimos sin hablar y sólo paramos en la Radio Nacional. Romina estaba sonriendo. Creo que era porque el Ataúd Vacío no nos había atrapado, pero yo no conseguía sacarme de la cabeza la imagen de la profesora corriendo a aquella velocidad, adelantándonos y saltando el muro de la escuela sin apoyarse.

—¡Caramba...! —fue la primera cosa que dije—. ¡Aquella profesora sí que corre!

Como estábamos cerca de mi casa le dije a Romina que podíamos bajar por esa calle para que ella llamara a su madre. Ya estábamos más tranquilos. Encontramos a Eunice en el camino, ella nos vio sudados y preguntó: *¿Vienen de la escuela a esta hora?* Yo la miré muy serio. *¿Qué? ¡No me digas que vieron al Ataúd Vacío!*, puso cara de miedo. *¡Ni más ni menos!*, respondí.

—¿Y cuántos eran?

—No lo sé, la verdad es que no lo sé, pero estaba todo el mundo corriendo. Nosotros sólo tuvimos tiempo de agarrar las mochilas y echarnos a correr también...

—Ah, por eso es que vi a una lisiada corriendo como loca allí arriba —dijo Eunice.

—Es nuestra profesora de Inglés —dijo Romina.

—Caramba, ¿y ella puede correr así, como una gacela? —Eunice también estaba asombrada.

—¿Todavía lo dudas? —Romina se rio.

No sé qué hora era, pero en aquel momento, desde la terraza de mi casa se veía la puesta de sol. No había jugo, así que nos fuimos con una botella de agua a la terraza. Nos quedamos allí conversando un ratito. Romina y yo éramos amigos desde hacía mucho tiempo, pero nunca habíamos hablado tanto, y es que en la escuela si un niño está todo el tiempo hablando con una niña, empiezan a decir que se la quiere ligar, que le está coqueteando, que le está dando *xanxo*, como dicen aquí, o peor todavía, dicen que ese niño lo único que quiere es andar con las niñas.

—¿Tú viste cómo corría? —dijo ella.

—Sí, Romina... Y yo creo que nunca había visto algo así... Si mañana lo contamos van a decir que es mentira.

—Puede ser que alguien más lo haya visto.

—No, Romina, con aquella polvareda... sólo nosotros estábamos detrás de ella... ¿Tú ya habías visto a alguien correr así, tan rápido?

—Yo no, nunca...

Nos quedamos así, recordando el momento.

Para mí había sido agradable, ahora que todo había pasado, haber corrido juntos. Claro que era sólo una idea, pero de alguna forma creo que esas cosas se quedan así guardadas en el corazón de las personas, y si Romina y yo ya éramos muy amigos, el haber huido juntos del Ataúd Vacío era una cosa más, que sólo era de nosotros. No hablamos de eso, pero aquel día, aquella tarde, con el sol allí haciendo que el momento fuera todavía más bonito, creo que nos hicimos mucho más amigos.

—¿Me estás oyendo? ¿Crees que el camarada profesor se quedó allí? —me sacudió.

–¿Eh? No lo sé, a lo mejor se quedó luchando con pupitres y gises contra los akás del Ataúd Vacío... ¡Esos camaradas cubanos salen con cada cosa...!

–¿Sabías que ellos son militares? –dijo ella.

–Sí, ya lo sé, pero un militar no enfrenta él solo a un camión lleno de hombres con akás.

–Sí, pero como ellos son militares tienen siempre el impulso de combatir. Yo creo que son muy valientes...

–Sí... –yo miraba el sol ya casi escondido.

–¿Te das cuenta de lo que es venir a un país que no es el tuyo? Venir a dar clases no está mal, pero aquellos que van al frente de combate... ¿Cuántos angoleños conoces que irían a Cuba para luchar en una guerra cubana?

–No conozco a ninguno...

–Yo creo que son muy valientes... Nunca he oído ninguna historia de un cubano que haya huido del combate... –Romina parecía bien informada y yo no me quise quedar atrás.

–¡Ni pensarlo! Al contrario, todo el mundo sabe que ellos son muy valientes...

Vinieron a llamarnos, la madre de Romina había llegado.

Cogí los vasos y la botella, fuimos a la cocina para lavarlos mientras Romina llenaba la botella con agua hervida para ponerla en la nevera. *Ésta es la cocina del camarada Antonio, ¿verdad?*, Romina dijo aquello para que yo añadiera alguna cosa, pero no tenía ganas de añadir nada. *Es*

ésta, sí..., *la cocina del camarada Antonio*. Pero ella se quedó quieta, como esperando algo más. *¡Aquí quien manda
soy yo, niña!*, imité la voz del camarada Antonio y su manera de andar como Charles Chaplin. Y ella sonrió, sonrió mucho.

–¿Entonces cómo fue ese combate? –preguntó la madre de Romina, que ya sabía lo que había sucedido.

–Fue normal... –respondí.

–¿Pero hubo combate o no?

–No pasó nada..., en cuanto oímos los gritos nos fuimos... –la madre de Romina se rio–. Llegamos hasta la Radio Nacional.

–Eso sí que es correr, apuesto a que ni miraron antes
de atravesar las calles... –Romina y yo nos reímos.

Quedamos en organizar una cena en casa de Romina,
donde todos podrían hablar de lo sucedido. Así íbamos a
poner las dos versiones sobre la mesa; la de los alumnos y
la de los profesores, porque Romina quería invitar a los
camaradas profesores.

Por la noche el único asunto era ese: el del Ataúd Vacío. Era asombroso, mi hermana mayor no tenía miedo
de que fuesen a su escuela porque ya habían ido a la mía.
*Piensas que mi escuela es como la tuya, ¿verdad? ¡Si ellos van
allá mis compañeros les van a dar una gran paliza!* No lo sé,
podía ser, el Kiluanji tenía alumnos muy grandes, algunos
dicen que incluso andan con pistola y todo. Pero aún así, el
Ataúd Vacío, ¡era el Ataúd Vacío!, mira lo que hicieron en
mi escuela, hasta una profesora lisiada había aprendido a
correr, eso no se hace...

Fue un poco complicado explicarle a la tía Dada toda esa historia del Ataúd Vacío, porque como yo no había visto gran cosa; es decir, como yo no había visto nada, no le podía decir quiénes eran, o cómo eran, o lo que había pasado porque, claro está, todo eso sólo se sabría al día siguiente. Como estaba cansado y tenía que levantarme temprano, me fui a dormir.

—¡Hasta mañana a todos! —me despedí.

Me desperté otra vez de buen humor, porque adoraba ir a los actos y a los desfiles.

¡Buenos días, camarada padre!, dije bromeando, porque el camarada Antonio aún no había llegado. *¡Buenos días, camarada hijo!*, me respondió de buen humor, como siempre por las mañanas. Ya había leche caliente y habían puesto la mesa la noche anterior. Abrí la ventana grande de la sala y la claridad entró en aquel espacio, como alguien desconocido que entrara en un sitio también desconocido, y tuviera curiosidad de mirarlo.

Desde mi lugar veía la taza que estaba frente a mí y el humo que salía de ella; sentía el olor del pan tostado y el olor de la mantequilla derritiéndose sobre él; veía del lado derecho las barbas de mi padre, sus gafas, y oía el sonido dentro de la boca cuando masticaba la tostada, *trrruz, trrruz*; pero lo más bonito era ver allí enfrente al aguacate. ¿Ustedes sabían que el aguacate también se despereza?

—Papá, ¿ya te habías fijado que por la mañana, cuando abrimos esta ventana y estamos aquí platicando, el aguacate se mueve?

—Sí, hijo, se mueve por el viento...

—Sí, ¿pero por qué no se mueve antes de que abramos la ventana? A ver...

—Se agita antes de que abras la ventana, hijo, lo que pasa es que tú no puedes verlo.

—Entonces es que sólo se agita cuando yo abro la ventana... Y no se agita papá, no puedo decir que se agita...

—¿Entonces qué hace? —me indicó con el dedo que me comiera el desayuno.

—Está *desperezándose*... el aguacate está *desperezándose*... —y al decir esto imité el acento de los tugas, porque lo normal sería que dijera "el aguacate *se* despereza", y no "está desperezándose".[13]

Por la ventana enorme entraba la luz; entraba el sonido de los pajaritos; entraba el sonido del agua goteando en el tanque; entraba el olor de la mañana; entraba el ruido de las botas de los guardias de la casa de al lado; entraba el grito del gato, que se peleaba con otro gato; entraba el ruido de la despensa al ser abierta por mi madre; entraba el sonido de una bocina; entraba una mosca gorda; entraba una libélula, que nosotros llamábamos *helibélula*; entraba el ruido del gato, que después de la lucha saltaba al tejado de zinc; entraba el sonido del guardia dejando la aká porque se iba a dormir; entraban silbidos; entraba mucha luz pero, sobre todo, entraba el olor del aguacate, el olor del aguacate que se estaba desperezando.

—Papá, hoy debe ser día festivo, si no fuiste a trabajar, ¿por qué no te levantaste más tarde? —mordí la tostada.

13 Se burla del uso del pronombre reflexivo "se" en el habla de los portugueses.

—¡Porque me gusta levantarme temprano! —encendió un cigarro.

Me puse la mochila a la espalda y mi padre vino a abrirme la puerta. *Buenos días, niño*, oí la voz salir de la enredadera y me asusté: ¡era el camarada Antonio!

—Buenos días, camarada Antonio.

—¿Se ha asustado, niño? —dijo riéndose.

—¡Antonio!, hoy es día festivo, ¿por qué viniste?

—Vine a pasear, niño... Me despierto temprano todos los días.

—¡Caray, Antonio...! —dije, asombrado—. En vez de aprovechar para dormir... Y seguro que viniste a pie, todavía no hay candongueiros despiertos a esta hora...

—Son veinte minuto', niño, veinte minuto' a pie...

—Bueno, entonces hasta la hora del almuerzo —me despedí.

—¿Va a ver al camarada presidente, niño?

—Sí, voy al desfile del Primero de Mayo, pero la concentración es en la escuela.

—Entonces hasta luego, niño...

—Hasta luego, Antonio.

Pasé por la casa de Bruno Viola, pero él todavía no estaba listo, así que me fui.

Con todo aquello ya iba a llegar tarde. Y quería tener tiempo para hablar un poco con Claudio o con Murtala sobre lo que pasó el día anterior, podía ser que ellos hubiesen visto más cosas que yo. En Murtala no se podía confiar mucho porque tenía la manía de exagerar las historias; es decir, toda la gente que yo conozco aquí en Luanda exagera, pero Murtala, como decía Petra, abusaba. Una vez atraparon a un caimán en la Isla y Murtala dijo que una ballena se había quedado encallada en la bahía de Luanda. Si había visto un partido de futbol y nadie sabía el resultado, seguro que Murtala iba a inventar siete goles, veintidós faltas, dos expulsiones y lesión del árbitro. Hasta Bruno le aconsejó: *¡Cuando quieras mentir, miente poco, así puede ser que te creamos!*

Se me había hecho muy tarde, con decir que ya estaban los grupos formados por filas. La camarada profesora Sara me vio llegar y puso aquella cara suya de mala. Estábamos todos derechitos y firmes. Pasaron revista a los pañuelos, quien no tuviera pañuelo debía regresarse a su casa, aquello era el desfile del Primero de Mayo, el día internacional del trabajador, y no admitían niños sin el uniforme completo. Comenzamos: *¡Oh, patria!, nunca más olvidaremos / a los héroes del cuatro de febrero...*, pero tanto Claudio como yo estábamos buscando vestigios. ¿Cómo era posible que la escuela estuviera *intacta* (esta palabra también la aprendí de Petra) después del ataque del Ataúd Vacío? No había marcas de llantas en el suelo, ni agujeros de bala en la pared, y todas las profesoras y profesores estaban presentes. Lo que incluye al profesor de Química, que estaba bien concentrado aunque no se supiera todo el himno, y a la *vertiginosa* (creo que puedo usar aquí esta palabra) camarada profesora de Inglés.

Cuando el himno acabó, la camarada directora explicó rápidamente que íbamos a marchar hasta la Plaza Primero de Mayo y que no quería desorden en las filas, ni alumnos corriendo (para evitar el sudor). Que después íbamos a juntarnos en la concentración general de las escuelas en la plaza y que ahí se vería el orden del desfile. ¡Ah! Y que quien quisiera ir a hacer pipí que podía, pero popó no, porque ya no teníamos tiempo. De todas formas nadie hacía nunca popó en la escuela, porque nuestra escuela no tenía retretes. No sé por qué nos decía todo eso, ni por qué usaba esas palabras que nadie debería decir antes de un desfile.

Romina me miró y me hizo una señal con los ojos para que mirase hacia las escaleras. ¡Era ella, era la camarada profesora de Inglés!, que andaba despacio de un lado para otro. *Quién te ha visto y quién te ve*, dijo Romina bajito, y yo me di cuenta en seguida de que aquello iba para mí.

Murtala tenía una venda en el tobillo; me fijé después, cuando ya habíamos comenzado a marchar hacia la Plaza Primero de Mayo. Eso era una buena señal, quizás era la prueba de que alguna cosa había sucedido realmente. Pero Murtala no nos miraba ni a Claudio ni a mí, y me di cuenta de que no quería hablar y mucho menos preguntas. Cuando Claudio quiso hablar con él, se hizo el tonto y llamó a la camarada profesora Sara, que regañó a Claudio. Claudio le hizo una trompetilla que se oyó hasta el fondo de la fila, y a mí me pareció muy bien. No sé por qué andaba haciéndose el llorón, el tonto de Murtala.

En la plaza una camarada del Ministerio de Educación vino a distribuir banderitas rojas y amarillas: unas del país y otras del MPLA. Miré hacia las tribunas para ver si descubría al camarada presidente, pero aún estábamos muy lejos y sólo pude ver que la tribuna estaba llena y que había militares por todos lados, arriba y también en las calles. A lo mejor el camarada presidente todavía no llegaba. Todo el mundo tenía banderitas: las mamás de la OMA,[14] los jóvenes de la Jota,[15] los pioneros de la OPA, los camaradas trabajadores y el pueblo que también había venido a ver. Aquello estaba lleno de colores y de mucha emoción, porque el camarada del micrófono estaba animando a las personas. Preguntaba:

—Un solo pueblo, ¿una sola...?

—¡NACIÓN! —gritábamos con fuerza, nosotros aprovechábamos cualquier ocasión para berrear.

—Un solo pueblo, ¿una sola...?

—¡NACIÓN!

—¿La lucha...?

—¡CONTINÚA!

—¿La lucha...?

—¡CONTINÚA!

—Pero la lucha, ¿camaradas? —él también gritaba, parecía que estaba contento.

—¡CONTINÚA!

—¿Y la victoria...?

—¡ES NUESTRA!

—¿La victoria...?

—¡ES NUESTRA!

—El MPLA con el pueblo...

—¡Y EL PUEBLO CON EL MPLA!

14 OMA: Organización de Mujeres de Angola.
15 Jota: Juventudes Comunistas de Angola.

—El MPLA con el pueblo...

—¡Y EL PUEBLO CON EL MPLA!

—Abajo el imperialismo...

—¡ABAJO!

—Abajo el imperialismo...

—¡ABAJO!

—Gracias, camaradas...

Algunos ya se estaban quedando roncos, pero nosotros adorábamos aquel momento de responder así, a gritos. Oímos las sirenas y los mercedes que llegaban a lo lejos. ¡Ahora sí que era el camarada presidente! El pueblo gritaba y daba palmas: ¡DOS SANTOS...[16] AMIGO... EL PUEBLO ESTÁ CONTIGO... DOS SANTOS... AMIGO... EL PUEBLO ESTÁ CONTIGO...! Solamente Murtala no tenía ganas de gritar. Me acerqué a él y le ofrecí agua de mi cantimplora.

—¿Quieres un poco? —quité la tapa.

—No, no voy a beber de tu cantimplora...

—¿Por qué? —di un trago.

—Porque tú tienes asma.

Una vez, hace mucho tiempo, había sido al revés. Petra no me había dejado beber de su cantimplora también a causa del asma; pero Murtala, yo sé que él no es así, debía estar realmente enfadado. *¡Perfecto, pero después no me pidas!*, le dije.

Las escuelas comenzaban a formarse otra vez, los más bajos adelante y los grandulones atrás. ¡DOS SANTOS... AMI-

---

16 José Eduardo dos Santos: presidente del MPLA después de la muerte de Agostinho Neto en 1979.

GO... LA OPA ESTÁ CONTIGO... DOS SANTOS... AMIGO... LA OPA ESTÁ CONTIGO...! Así gritamos al pasar junto al camarada presidente. Él estaba de pie, aplaudiendo y riéndose, había tantas personas gritando que no debía oír nuestros gritos de niños.

Aquello sí que era muchísima gente. Daba miedo. Si sucediera allí alguna cosa, no sé, por ejemplo una bomba o que llegara el Ataúd Vacío, muchos iban a morir atropellados por la gente, lo cual es uno de los peores tipos de atropellamiento que existen. ¡Es verdad!, es triste pero una persona puede atropellar a otra.

En el lado derecho estaban los periodistas. Sacaban fotografías sólo de vez en cuando, supongo que para ahorrar rollos. Algunos ya estaban deshaciendo la formación, a fin de estar más cerca de las cámaras de fotos o de la televisión. También habían dicho que venían camaradas de la televisión soviética para filmar el desfile; *Sólo que se encuentren muy bien escondidos*, pensé, porque yo no vi a ningún soviético.

Con un micrófono en la mano y una grabadora en el hombro estaba Paula, y se reía mientras corría al lado de un camarada profesor, creo que lo estaba entrevistando. Grité: *¡Paula, Paula!*, pero estábamos demasiado lejos y no me oyó. Después de pasar frente a la tribuna avanzamos un poquito más y nuestra escuela se estacionó allí, porque la camarada directora dijo que iban a darnos galletas y jugo, pero no vino nadie. Ya lo sé, debe haber sido aquello de la falta de recursos, porque ese año no hicieron el desfile de los carros alegóricos. A lo mejor fue también por eso que convocaron a tantas escuelas, para ver si el desfile quedaba bien incluso sin carros alegóricos. Pero a decir verdad, un desfile del Primero de Mayo sin carros alegóricos no es lo mismo. El año que viene, si me llaman para la Radio Nacional otra vez, voy a decir esto: no quiero saber nada de la hoja sellada que ya trae todo escrito.

Como no aparecían ni el jugo ni las galletas, la camarada directora mandó desmovilizarnos, cada uno se podía ir a su casa. Pero nosotros habíamos acordado ir a la escuela para poner al día el tema del Ataúd Vacío, y que aunque no nos viéramos en el camino, nos reuniríamos en la escuela después del desfile.

Fuimos llegando. Las chicas, juntas como siempre: Petra, Romina y hasta Luaia. Bruno y Claudio, que llegó más tarde con un montón de galletas y dos jugos, pero no le quiso dar a nadie, siempre tan envidioso. Dijo así: *¡Perdonen, pero, como dice mi primo, mi hambre es categórica!* Que debía tener categoría era seguro, porque se comió todo sin que nadie consiguiera ni una migaja.

—Pero falta Murtala —dijo alguien.

—No viene... —avisó Claudio con la boca llena.

—Cómo que no viene, si quedamos de vernos aquí...

—Te estoy diciendo que no va a venir... Lo vi irse para otro lado, para allá arriba...

—Hoy estaba extraño... ¿A ti no te pareció, Claudio? —pregunté.

—Sí, un poco...

—Ni siquiera quiso el agua que le ofrecí.

—Hombre... —Claudio comenzó a reírse—, agua con asma...

–¡Oye, tonto! ¿Cuándo has visto al agua toser?

–Yo no.

–Pues entonces no hables por hablar...

Nos acercamos a nuestro salón. Todo estaba igual: los pupitres estaban en su lugar y no había manchas de sangre ni chichis colgadas del pizarrón. Nos sentamos afuera, en aquel muro bajito que daba hacia el patio. El aire no olía a nada en particular. Estaba todo tranquilo aunque se oyera, a lo lejos, el barullo de la multitud en la Plaza Primero de Mayo.

Entonces oímos la versión de Claudio:

"Yo fui de los primeros en salir del salón. Cuando Isabel quitó al camarada profesor del camino, yo iba detrás de ella, no miré para los lados ni nada. Tenía miedo de ver a algún hombre con una aká en la mano y quedarme paralizado por el miedo. Me eché a correr detrás de ella, como les digo, era lo mejor que podía hacer, porque Isabel se abría camino a codazos. Yo mismo vi a dos chicas caerse porque Isabel las empujó. Corrí detrás de ella en dirección a la Plaza Primero de Mayo, y sólo me detuve en el Cine Atlántico, sin mirar nunca hacia atrás. Me acuerdo de que oí el ruido del camión, pero yo ya había saltado el muro. Entonces pensé que me había escapado, aquellos tontos no me iban a agarrar. Cuando paré y miré hacia la escuela vi a todo el mundo corriendo y gritando, y pensé que más valía irme directo a mi casa."

La versión de Petra:

"Yo no me acuerdo cómo salí del salón, porque había una confusión tan grande que no conseguía pensar. Todo el mundo me empujaba hacia la puerta y vi que empujaban al camarada profesor hacia la verja, aunque seguía gritando que debíamos combatir y que no valía la pena huir del enemigo; más valía enfrentarlo con las armas disponibles. Yo comencé a irritarme cuando Celio vino por detrás, estaba empujando a todo el mundo e intentaba pasar por encima de las personas, como si tuviera más prisa que los demás. Entonces de veras me enojé. Miren, aunque no me crean, le metí un golpazo tan duro que de inmediato se formó en la fila para huir. Porque incluso para huir tiene que haber una organización, no puede hacerse así, en desorden. Pero como les decía, ese golpe fue mi golpe de suerte, porque fue él mismo quien me ayudó a saltar el muro. No sé si lo hizo por pena o para toquetearme, pero la verdad es que sin su ayuda yo no hubiera conseguido brincar ese muro. Corrí hacia la plaza como todo el mundo, y en cuanto encontré a un camarada policía me quedé junto a él. Y solo me di cuenta de que tenía la mochila rota cuando él me preguntó si estaba llorando porque mi mochila estaba rota."

La versión de Bruno:

"Yo fui uno de los que vio al camión levantar polvareda a lo lejos, pero a decir verdad no se podía ver si era un camión ruso o no. Me acuerdo de que venía a mucha velocidad y que sólo tuve tiempo de dar el primer grito, porque cuando quise soltar el segundo toda la escuela ya estaba gritando. Cogí la mochila, salté por encima de Filomeno, que me parece que se cayó, y la última cosa que vi antes de salir del salón fue la cara de Luaia. Parecía que se estaba ahogando y encima se quedó pegada a la esquina, lo que quizá todavía fue peor, porque siempre sacuden allí el borrador. Cuando alcancé la rampa del patio lo que quería era correr tan rápido como pudiera, pero me eché a reír, y no era de miedo ni de nerviosismo. Fue porque vi a la camarada profesora de inglés levantarse la falda como si fuera a hacer pipí, sin parar de correr. Y no se puede explicar cómo iba corriendo, porque yo no lo vi; no lo llegué a ver. Cuando arrancó desapareció en medio de la polvareda, y cuando yo conseguí atravesar el muro ya no estaba allí. Atravesé la plaza de las Heroínas sin mirar a los coches y el que estaba detrás de mí, un vecino mío, me dijo que me libré de ser atropellado por un volkswagen. Pero yo no vi nada, ¡lo juro! Sólo dejé de correr cuando llegué a la puerta de mi edificio. Y todavía me llevé un coscorrón de mi madre, porque ella ya me había dicho que no corriese así, sin ton ni son, porque llegaba sucio y sudado. Y cuando le respondí que era a causa del Ataúd Vacío, me llevé otro coscorrón por decir mentiras. No supe qué hacer."

La versión de Luaia:

"Me acuerdo muy bien de verte pasar a mi lado, Bruno, pero yo no estaba caída en la esquina, fuiste tú el que me empujaste y fui a parar con la nariz en la caja de los gises, donde también estaba el borrador. Pero no pasa nada, creo que desde los primeros gritos ya estaba con asma y me pareció mejor quedarme allí. Así que mientras ustedes corrían yo me quedé tirada en el suelo, por eso no puedo decir que haya visto algo, porque no vi nada. Escuché todo el griterío allá afuera y estaba muerta de miedo, temía que después de los gritos empezaran los tiros, o de que ellos viniesen a buscarme. También tenía miedo de que no encontraran a ninguna profesora y me quisieran violar a mí. Lo peor era que después me iban a arrancar las chichis y a clavarlas en el pizarrón. Pero creo que tenía tanto miedo y me faltaba tanto el aire que me desmayé, y cuando desperté ya estaba en la oficina de la camarada directora. Quienes estaban allí eran la camarada profesora Sara y el camarada Profesor de Química."

La versión de Ndalu:

"Como yo estaba sentado con Romina, en cuanto hubo espacio salimos corriendo en medio de toda la multitud. Yo de lo que tenía miedo era de caerme, o que después de correr y saltar el muro ellos ya hubiesen puesto el cerco allá afuera. No vi ningún camión ni ninguna polvareda. Creo que empecé a correr dentro del salón, cuando oí el segundo grito de Bruno, que a lo mejor ya era el grito general de la escuela. Sólo quiero decir una cosa. Puede que no me crean, pero dejen que les cuente: la camarada profesora de Inglés, por si no lo saben, podría ser campeona olímpica de Angola a nivel internacional... Nos rebasó a Romina y a mí con tanta velocidad, que cuando la miré ya estaba saltando el muro. Y créanme, lo juro aquí por la sangre de Cristo y por el alma de mi abuelo que está bajo tierra, saltó el muro sin tocarlo. Tan sólo puso una pierna de lado y con la mano agarró la pierna lisiada y la levantó como si se estuviera rascando la cadera. Si no me creen pregúntenle a Romina que también la vio..."

La versión de Romina:

"Yo salí del salón con Ndalu, más o menos detrás de Isabel, sólo que no sé como no vimos a Bruno. Pero me acuerdo muy bien de su risa y, perdona Bruno, pero ya que estamos aquí contando las cosas de verdad, creo que tu risa era realmente de miedo, o por lo menos de nerviosismo. ¡Admítelo! Tampoco era para menos, era el propio Ataúd Vacío el que venía a la escuela... La verdad es que nosotros corríamos en medio de la polvareda hacia aquel agujero en la esquina de la escuela, cuando la camarada profesora-cohete nos adelantó. Aquello no se puede explicar muy bien, ayer ya hablamos sobre eso. Aquello fue increíble. La carrera era una mezcla de la velocidad del leopardo con el salto de la gacela, todo tan rápido que cuando saltamos el muro la camarada profesora ya no estaba allí... Atravesamos esa avenida, pasamos por el edificio del Partido aún corriendo y sólo paramos en la Radio Nacional. Como ya teníamos nuestras mochilas decidimos que era mejor no regresar a la escuela."

Después la conversación se mezcló y nadie volvió a respetar el turno de nadie. Todos hablaban al mismo tiempo y cada uno quería aumentar alguna cosa en su versión.

Yo estaba un poco desilusionado porque al final ninguno de nosotros había visto el camión, ni siquiera a un hombre vestido de negro o por lo menos oído un tirito. O, ¡por lo menos eso!, nadie encontró algún *vestigio* (esta palabra la aprendí en la tele), aunque sólo fuese una gota de sangre o un cartucho de bala. Nada de nada.

¡Qué coraje!, pensé. Así jamás se sabría la verdad. Iba a volver otra vez a mi calle sin tener un vestigio. Algunos

dirían que fue todo inventado, y que el Ataúd Vacío no había estado para nada en mi escuela. Pero aún había algo que me hacía desconfiar: ¿por qué estaba Murtala tan molesto y por qué tenía aquella venda en el pie? ¿Por qué la camarada profesora de Inglés andaba tan despacito el día de hoy? ¿Cómo es que el camarada profesor de Química no nos había dicho nada, pero estaba con una sonrisa, tan fresco? ¿Y por qué –¡ay, qué coraje!– sólo habían venido a la escuela las personas que no vieron nada? Hasta la tonta de Luaia hizo el favor de desmayarse; es decir, ella no sabe si fue violada o no, pobrecita.

El grupo se dispersó. ¡Claro!, no había nada más que hacer. Vinieron por Claudio en un jeep militar y Petra aprovechó para que la llevaran. Luaia fue al salón para ver si encontraba las horquillas del pelo que le habían dado de regalo de cumpleaños el día del Ataúd Vacío, y Bruno se fue corriendo a su casa porque ya estaba retrasado para la hora del almuerzo. Romina aún le dijo que se fuera corriendo, porque si no su madre se iba a enfadar.

–¿Estás triste? –preguntó Romina, mientras comenzábamos a atravesar la avenida.

–No...

–Pero estás con una cara... –dijo, cariñosa.

–No me gustan las despedidas, sabes... Hoy estábamos allí en la Plaza Primero de Mayo y después del desfile empecé a pensar en eso...

–¿A pensar en qué?

–Que las cosas siempre se acaban, Ro.

–¿Pero a qué te refieres?

—A todo... por ejemplo aquella alegría, aquel griterío con el himno y las consignas, todo eso se acaba, ¿no? Las personas se van a casa, se separan...

—No te pongas así.

—No... no es eso... Ve, por ejemplo ahora, aún tenemos unos días más de clases, después vienen los exámenes finales, luego todo el mundo se va de vacaciones, y hay personas que no vuelven, que se cambian de salón. Siempre es así, Ro, las personas acaban por separarse...

—¿Estás así a causa de Bruno? —ahí me di cuenta de que ella sabía.

—¿Tú ya sabías que él se va a Portugal?

—Sí... ¿Pero es por eso que estás triste?

—No es sólo eso, Ro, eso sólo es el comienzo... Todos los años se van algunos del grupo; eso es normal, pero no me acostumbro...

—Sé cómo es, cuando nos vamos de vacaciones yo también siento algo así, medio raro...

—Claro..., uno se pasa todo el año lidiando con los profesores, queriendo que lleguen las vacaciones, pero después son las vacaciones las que cambian a las personas. Algunos nunca vuelven, las bromas ya no son las mismas y lo peor de todo no es eso, Ro...

—¿Y qué es? —preguntó, cariñosa.

—Cuando después cambiemos de escuela o cuando acabemos el instituto, entonces ya nunca más nos veremos, nunca más veremos a nuestros compañeros...

—Pero siempre hay otros compañeros.

—¡No, Romina!, no existen "otros" compañeros... Tú sabes muy bien de lo que estoy hablando. Este grupo, aunque salgan o entren personas, es "nuestro" grupo, sabes de qué hablo... y ese grupo se está acabando, ¿no sientes eso? —yo no la quería mirar a los ojos, tenía miedo.

—¿Estás triste? —me preguntó, parecía que estaba a punto de abrazarme.

—No lo sé... Sabes, cuando las despedidas empiezan nunca se acaban, nunca se acaban...

—¿Pero a qué te refieres?

—A nada, a nada... ¿Sabes qué dice mi abuela, Ro?

—No... ¿Qué es lo que dice?

—Que cuando vivimos los mejores momentos de nuestra vida nunca nos damos cuenta... —entonces la miré—, pero yo creo que no es así...

—¿Entonces?

—Yo sé perfectamente que éstos son los mejores momentos de nuestra vida, Romina... estas aventuras, esas conversaciones que tenemos aquí en el patio, incluso cuando cada uno exagere su versión —y le sonreí.

—Pero siempre sucederán otras cosas, ¿no? —miró su reloj.

—Sí, claro, van a suceder otras cosas... —la miré.

—Pero estás triste, ¿verdad?

—Un poquito, Ro, un poquito...

Nos despedimos, cada uno iba hacia su casa. Era exactamente eso lo que quería decir; a veces en una pequeña cosa se pueden encontrar todas las cosas grandes de la vida, no es preciso explicar mucho, basta con mirar.

El final del año escolar siempre era algo muy desagradable para mí, porque extrañaba a mis compañeros y sus bromas. Hasta a los camaradas profesores, las consignas, eso de cantar el himno, pasar al pizarrón, extrañaba hasta la limpieza general de la escuela y jugar a los encantados en los pasillos, aun cuando alguien te diera un golpazo bien duro y la espalda te empezara a doler. O jugar a decir chistes pelados y albures, hasta que nos descubría el camarada subdirector y nos llevábamos todos dos reglazos en cada mano. Todo esto eran cosas que un día de estos se iban a terminar.

En aquellos días, me ponía muy triste si no conseguía dejar de pensar en esto. Porque, aún cuando faltaran muchos años para el final de la escuela, un día ésta se iba a acabar. Y los mayores no tienen indisciplina en clase, no les ponen reportes y no dicen palabrotas frente a los profesores cubanos, que no las entienden. Los mayores no exageran automáticamente las historias que cuentan y no se quedan mucho tiempo hablando de las cosas que uno ya hizo, o que le gustaría hacer. ¡Los mayores no juegan a decir buenos chistes, ni albures!

Ser mayor debe ser muy aburrido.

II

¡Oh saudade!, ¡oh dulce compañera!,
reavivando la sensibilidad,
dulcificas la vivencia entera.

ÓSCAR RIBAS
Adorando a las musas

Era de noche, estábamos conversando en el balcón, la tía Dada y yo. Ella me estaba contando cómo habían sido sus vacaciones en Luanda, las cosas que había hecho y los sitios a los que había ido mientras yo estaba en clase. Se iba al día siguiente y ya hacía algunos días que no hablábamos, por eso nos estábamos poniendo al día; aunque claro, en realidad nos estábamos poniendo *a la noche*.

La noche también tiene olor, por supuesto.

Por lo menos aquí en Luanda, en mi casa, en este jardín, la noche tiene un olor. Yo ya he visto en la tele unas plantas que sólo se abren de noche, yo las llamo plantas-murciélago; y no sé si aquí en este jardín hay plantas-murciélago, pero que la noche trae otros olores hasta el balcón, me consta que es verdad.

Si esto que voy a decir es posible, entonces aquella noche tenía un olor *cálido*. Imagínense un olor que incluya rosas muy encarnadas, hojas de enredadera con un poquito de polvo, mucha hierba, ruido de grillos, ruido de babosas andando por encima de su propia baba, ruido de langostas, el ruido de una sola cigarra, un cactus pequeño, helechos verdes, dos hojas grandes de plátano y un aroma enorme de té de caxinde. Imagínense todo eso bien exprimido y yo creo que era el olor de esa noche.

—Huele tan bien aquí... —dijo mi tía.

—Son las plantas-murciélago...

—¿Qué plantas son ésas?

—Son plantas a las que le gusta vivir de noche, así como a los murciélagos...

—Ahh... —ella olió el aire— y aquí también hay mosquitos-murciélago, son aquellos a los que les gusta mucho picar de noche... —nos reímos juntos, mi tía era divertida.

—Tía...

—Dime, hijo.

—¿Tú sabes por qué los mosquitos pican tanto?

—No, hijo. ¿Por qué pican tanto?

—¡Es porque tienen sed! —la miré—. ¿Y sabes por qué tienen sed?

—¿Por qué?

—Porque, como debes saber, los mosquitos nacen en los charcos de agua...

—Sí... ¿Y?

—Entonces, como nacen en el agua, cuando están volando se acuerdan siempre de casa; es decir, de esa primera casa, el agua... Entonces por eso nos pican en busca de agua...

—Y no la encuentran...

—No, pero si no hay nada mejor, beben sangre... —expliqué, serio.

—¿Quién te ha contado eso, hijo?

—Nadie me lo ha contado, tía, yo lo sé...

Pero esa noche los mosquitos estaban muertos de sed y decidimos ir para dentro. Yo tenía que arreglar algunas cosas en mi cuarto y ella me acompañó.

—Tía, ¿cuándo vuelves?

—No lo sé, hijo. La verdad es que no lo sé...

—¿Cuándo vengas la próxima vez puedes traer a tus hijos para que los conozcamos? —yo estaba revolviendo en una caja con cuadernos antiguos.

—Claro que puedo... —ella tomó uno de los cuadernos.

—Ése es uno de mis cuadernos del segundo curso, de Lengua Portuguesa.

—¿Puedo verlo?

—Puedes.

—¿Quién es este Ngangula del que hablas aquí?

—¡Tía!, Ngangula es ¡Ngangula...!

—¿Pero quién es Ngangula...? —ella no lo conocía, no podía creerlo.

—¡Oh, tía! ¡No me digas que no sabes quién es Ngangula!

—No lo sé, por qué no me lo explicas...

—Vaya, nunca pensé que en Portugal no conocieran a Ngangula... Pero tú vivías aquí antes, ¿no te acuerdas de Ngangula?, ¿nunca te contaron su historia?

—Creo que no, hijo. No que yo recuerde.

—Entonces mira, primero lee esa redacción, que es sobre él... Y después lo entenderás...

Ella comenzó a leer y yo fui arreglando mis cosas. Era genial revolver en esos cuadernos tan viejos. Uno encontraba redacciones graciosas que hacíamos en el segundo o tercer año, los dibujos ridículos del preescolar y las cuentas de dividir; cosas que ahora parecían muy antiguas.

—Entonces este Ngangula es un héroe...

—¡Pues claro que lo es! Fue torturado y le dieron un montón de golpes y de patadas, pero él no dijo dónde estaba el campamento de los guerrilleros...

—Hum...

—Lo que me parece extraño es que tú no conocieras a Ngangula, tía. Toda la gente lo conoce, creo que hasta en Cuba saben quién era...

—Pues no lo sé, nunca había oído hablar de él... Y era muy joven, ¿verdad?

—Sí, era todavía un niño...

—Y muy valiente...

—Mira, eso es verdad. Si esa historia fuera de alguien de mi escuela, a la segunda bofetada decía hasta la matrícula del coche del camarada presidente... Aunque creo que el coche del camarada presidente no tiene matrícula...

A lo mejor hubiéramos conversado mucho más, pero Bruno Viola estaba abajo. Le dijo a mi hermana que tenía noticias frescas para pasarme y yo me di cuenta entonces de que, por fin, después de casi una semana, habíamos encontrado a alguien que había visto algo.

En fin, no quedaba de otra, iba a tener que volver al balcón, a los mosquitos-murciélago, porque Bruno seguro que iba a decir algunas palabrotas al contarme la historia, o iba a gritar al contar los detalles, y era aburrido estar en la sala junto a los mayores. Es decir, eso fue lo que yo pensé. Fui a abrirle el portón:

—¿Qué pasa? ¿Traes chismes del Ataúd Vacío o qué?

—Nada de chismes, tengo *la versión integral*, es decir, ¡la versión completa! —dijo él.

—Ya sé lo que es *la versión integral*, Bruno. Así dicen en el noticiario todos los días.

—¡Anda! Vamos a sentarnos, compadre, te vas a quedar con la boca abierta...

—¡Eh, Bruno, ya déjate de tanto suspenso y desembucha! —yo estaba impaciente.

—¿Así, sin más? —se pasó la mano por la garganta.

—¿Sin más qué? ¿Tienes comezón en la garganta?

—¿Así, con la garganta seca? ¿Qué te pasa, compadre? No seas maleducado...

—¡Caray, Bruno! ¿Solo por contarme la historia ya quieres un refresco, o qué?

—Compadre, ya sabes cómo es esto, las historias así fluyen mejor... —tragó la saliva con mucha calma, exagerando su sed, el muy tonto.

—Bueno, entonces espérame aquí. Voy a ver qué te puedo conseguir.

Claro que lo que le podía conseguir era el refresco que yo me iba a tomar en la cena, que ya no iba a ser para mí. A pesar de esto serví hielo en los vasos y le dije a mi madre que íbamos a quedarnos en el balcón platicando.

—No hace falta que lleves un vaso, bebe directamente de la lata...

—¡No! Bebería de la lata si fuese a beber solo, pero como la voy a compartir necesito los vasos.

—Bueno, entonces llévatelos con cuidado.

—Va, comienza, Bruno...

—¡Te lo perdiste, compadre!

—Sí, ya sé que me lo perdí. Y todos los del salón también se lo perdieron, porque fuimos de los primeros en correr...

—Pero tú no sabes lo que te perdiste, niño —dio el primer trago.

—¡Niño tu padre! ¡Cuéntame ya, buey! ¡O te voy a quitar mi refresco! —le dije.

—No te lo vas a creer, pero no hubo ningún Ataúd Vacío en nuestra escuela.

—¿Que no hubo ningún Ataúd Vacío? ¿Estás bromeando? —pensé que sólo había ido a verme para que le patrocinara un refresco.

—Ya te dije... no hubo ningún camión, ni tiros, ni profesora violada. ¡Nada de nada!

—¿No? Pero... algunos vieron...

—¡Vieron, vieron...! ¿Qué fue lo que vieron?

—Compadre, no sé. Estaban gritando un montón, decían que vieron venir al camión...

—¡Nada!, no vieron ningún camión, vieron la polvareda de un coche, pero no era el Ataúd Vacío...

Yo tenía la boca abierta, tal como Bruno había dicho. ¿Entonces qué fue aquel griterío? ¿Quién había visto venir al camión? ¿Por qué la escuela entera se puso a gritar y a correr? Y sobre todo, ¿cómo le habían dado un susto tan grande a la camarada profesora de Inglés, que hasta corrió a velocidad supersónica?

—Compadre, quien me contó esto fue un tipo del salón número tres, que no consiguió huir porque se quedó enganchado en un pupitre; por eso lo vio todo...

—¿Y qué fue lo que vio?

—Dijo que toda la escuela comenzó a correr porque todo el mundo estaba gritando, entonces cada uno pensaba que alguien ya había visto venir al Ataúd Vacío y nadie se iba a esperar para saber la verdad.

—Sí...

—Bueno, entonces comenzaron a correr hacia los muros y a saltar. ¿Cómo ves, compadre? Este tipo estaba en el suelo y sólo asomaba la cabeza, porque es bastante cabezón...

—Ajá, Bruno. Vuelve a la historia principal y no exageres...

—¡No exagero! ¡Caray! Parece que no confías en mí... pero escucha: cuando ya había huido mucha gente, la escuela se quedó tranquila, tranquila; solo había una persona llorando en nuestro salón...

—Debía ser Luaia —interrumpí.

—Sí, debía ser ella... Porque el tipo también vio al camarada profesor de Química pasar al lado de los despachos de los profesores, y dijo que iba refunfuñando; que nosotros éramos unos cobardes, que había que combatir y no sé que más...

—Sí, continúa... —me rasqué las piernas, los mosquitos me estaban acribillando.

—Y él también pensó que todo había acabado cuando oyó que un coche entraba de verdad...

—¡Uy! ¿Y era el Ataúd Vacío?

—¡Qué va!... No te la vas a creer...

—¿Quién era? ¡Habla, Bruno!

—¡Pues era el camarada inspector!

Soltamos una carcajada que hasta asustó a los mosquitos. Pobre de la camarada directora, ¡qué vergüenza! Tanta preparación para la visita sorpresa, la escuela toda limpia, ¡todo listo!, como quien dice, y cuando el camarada inspector llegó toda la escuela estaba huyendo de él. Me tuve que tirar al suelo para reírme mejor.

—Pero espera, que todavía no he acabado —dijo Bruno.

—Hum, cuenta...

—Cuando el camarada inspector preguntó si había alguien allí, o silbó, o yo que sé, apareció el profesor de Química con un hierro en la mano diciendo: "¡Muerte a los bandidos! ¡Agarren a esos cabrones, victoria o muerte!", y no sé que más. La suerte fue que él también tropezó y se cayó al suelo antes de darle en la cabeza al camarada inspector...

—Ja ja ja ja ja ja ja ja ja —yo ya no conseguía parar de reír, porque además de que aquello de verdad tenía gracia, me imaginaba la escena.

—Pero calma, aún no he acabado... —dijo Bruno.

—¡Caray, Bruno!, hoy te mereces otro refresco sólo para ti.

—Oye, compadre, lo puedes ir a buscar...

—No puedo, no hay más.

—Entonces déjame continuar: antes de que el profesor de Química se levantara, el camarada inspector se metió en el coche y se fue... Y la camarada directora, que lo había visto todo desde arriba, bajó corriendo y se fue detrás del coche del camarada inspector, que ya no se detuvo. ¡Claro!, tenía miedo de que le dieran con el hierro en la cabeza...

—Mmh, Bruno... perdona pero tu amigo estaba en el suelo, incluso enganchado al pupitre, ¿no? ¿Entonces cómo vio todo eso?

—Compadre, ya te lo dije: tenía un buen ángulo de visión...

—¿Y qué más vio?

—Creo que ya sólo pudo ver a la camarada directora discutiendo con el profesor cubano; preguntando por qué los alumnos se habían ido y que qué griterío había sido ése...

—¿Y él?

—Y él... —Bruno se volvió a reír—, le preguntó a la camarada directora cómo era posible que ella conociera en persona al Ataúd Vacío cuando todos teníamos miedo de él...

—Ja ja ja ja ja ja ja ja ja —me reí con ganas.

—Es decir, el muy tonto no había captado nada de nada, ¿entiendes? Pensó que la camarada directora era amiga del camarada inspector, que en realidad era el Ataúd Vacío... Ja ja ja ja ja ja ja ja ja ja... —Bruno casi se cae de la silla de tanto reír.

—Pero Bruno, ¿y entonces la historia que Eunice me había contado un día antes?

—¿Qué historia?

—¿Ella no estaba ahí en el portón llorando, diciendo que el Ataúd Vacío había cercado la escuela Ngola Kanini?

—¡Fue todo mentira...!

—¿Por qué dices eso?

—Ella había estado con su novio, discutieron o yo qué sé, y para que mi madre no le sonsacase nada se puso a contar esa historia del Ataúd Vacío.

—Ahh, ahora sí que lo voy entendiendo...

Fuese todo verdad o no, aquella había sido más o menos la versión real de los acontecimientos, porque Claudio también habló conmigo esa noche por teléfono y había oído una versión muy parecida. Sólo que la de él incluía a Luaia siendo sacada del salón por el camarada profesor de Química, que la llevaba en brazos hasta el de la camarada profesora Sara; y de hecho era más o menos eso lo que Luaia había contado. Fue también Claudio quien me explicó el mal humor de Murtala: la verdad es que, en medio de la carrera, Murtala se cayó una vez, pero consiguió levantarse antes de ser atropellado por los otros. Sólo que cuando iba a saltar el muro, se volvió a caer de mala manera y ahí sí se hizo daño de verdad en el tobillo. En medio de la corretiza hubo un montón de gente que lo vio caer y comenzó a gritar: *Cojito, cojito, cojito,* para reírse de él. Y aunque nadie se quedó allí para hacerle más burlas, cuando corría, así, cojeando, ya sabía muy bien que cada uno de aquellos "cojito" eran para él. De modo que así se explicaba aquel mal humor que tenía. Por eso había rechazado mi agua, a lo mejor pensaba que yo también iba a aprovechar para jugarle una broma.

Exageradas o no, en Luanda era posible que sucedieran estas cosas. Es decir: una escuela entera huyendo a todo correr; unos a punto de ser atropellados por los coches; otros que fueron atropellados por sus camaradas en el patio; otros desmayándose e incluso otros, o mejor dicho otra, saltando como un lince sin tocar el muro y sin dejar rastro en la arena. Además, todo eso ocurrió la misma tarde que el camarada inspector decidió hacer la visita, pobre de él. ¿Pero quién le mandó a su coche levantar esa polvareda y venir tan deprisa que todo el mundo pensó que se trataba del Ataúd Vacío?

En fin, aquí en Luanda no se puede dudar de las historias que te cuentan. Hay muchas cosas que pueden suceder y otras que, si no pueden, terminan por suceder de alguna manera.

¡Caray! En Angola puede ocurrir cualquier cosa, aunque parezca imposible...

El día que debíamos llevar al aeropuerto a la tía Dada me desperté de mal humor. Las despedidas no me gustan nada.

Matabichamos temprano porque era necesario ir a hacer el control, o el *ché kingue*, como decía mi tío. Yo le advertí enseguida a la tía Dada que era mejor que se alimentara bien, porque a veces uno tardaba más en subir al avión que en viajar hasta Portugal.

—Exageras, hijo, porque el viaje dura ocho horas... —sonrió.

—No exagero, tía. Después no digas que no t'avisé, ¿de acuerdo?

Yo sabía lo que decía. Fuimos a llevar las maletas a aquella hora y tan sólo el ché kingue demoró tres horas: revisa las maletas aquí, discute a causa del peso allá, te hacen preguntas por aquí, que muestres el pasaporte por acá... En fin, lo mismo de siempre. El vuelo era al medio día, pero hasta las diez de la noche anunciaron el avión y despegó hasta las once y media. Días más tarde hablé con ella por teléfono:

—Tía, ¿verdad que no le vas al equipo de futbol de la Taag? —y ella se rio.

Esa misma tarde Romina cumplió su promesa de organizar la famosa merienda, que fue una delicia: la mesa estaba llena de postres fabulosos y de nombres complicados, nos hartamos de refrescos, de mousse de chocolate, y pastel de plátano, y había tanta kitaba[17] que sólo conseguí comer tres platos. Murtala no fue, no sé si por vergüenza del vómito de la última vez, o por vergüenza de la caída, de la cual todavía no nos habíamos burlado como merecía la ocasión. Pero estaban allí los camaradas profesores Ángel y María, Claudio, Petra, Luaia, Kalí, Bruno y yo. Había un buen ambiente, aunque debo decir que continuaba en el aire aquel olor a despedida...

Pusieron una película y la madre de Ro, que es muy atenta, trajo dos platos con mermelada de fresa, uno para cada uno de los camaradas profesores. Había que ver esas caras: miraban el dulce y reían, comían una cucharada, saboreaban el dulce en la boca, aguardaban, se miraban el uno al otro, él y la mujer, riéndose por una mermelada de fresa. Yo creo que era una escena muy bonita, pero no se lo podía decir a nadie porque se iban a burlar de mí.

Era una película de guerra, y fue a partir de ahí que el camarada profesor Ángel comenzó a hablar de los americanos: que ellos mentían un montón, y que siempre ganaban en las películas, pero que en la realidad también se llevaban una buena paliza. Pero de hecho, como nosotros empezamos a decir, en las películas americanas el protagonista siempre era el mejor, nunca se acababa el cargador de su

17   Kitaba: pasta hecha de cacahuates tostados.

ametralladora; no era como las akás, que sólo tenían treinta balas. Una vez, Claudio y yo las contamos, el actor estuvo dos minutos y medio disparando sin parar, y al final
todavía le sobró una bala para disparar a la granada que
hacía explotar el puente. ¡Uy!, aquel tipo era lo máximo.

Cuando la película se acabó, les llegó el turno a ellos:
no me equivoqué cuando me dije que eso olía a despedida, y es que la despedida tiene un olor, como ustedes bien
saben, ¿verdad? Tanto que cuando se acabó la película el
camarada profesor Ángel casi consigue rechazar el plato
de mermelada que la madre de Ro le ofreció, porque dijo
que quería decir unas palabras, pero luego decidió comer
la mermelada primero y hablar después. Aunque él no quería decir unas palabras, ¡quería decir muchas!

"Bueno, no resulta fácil decir esto ahora, y sobre todo
no quería estropear este ambiente tan bueno. Pero ustedes
son, de cierto modo, no sólo nuestros alumnos, míos y de
la camarada profesora María, sino también grandes amigos nuestros. Y es por eso que la camarada profesora María y yo decidimos que íbamos a darles esta noticia hoy, de
manera más reservada, y no mañana cuando toda la escuela recibirá esta información."

Romina me miró, sin duda sintió el olor de la despedida.

"Ustedes son jóvenes, pero ya se deben haber dado cuenta de que muchas cosas han cambiado en su país en los últi-
mos tiempos... las tentativas de acuerdos de paz, la llamada
presión internacional, todo eso no pasa tan sólo en el noticiario, va a pasar de verdad en su país, en sus vidas, en sus

amistades... Su país está cambiando de rumbo y eso, como siempre, tiene consecuencias. La revolución, como decía el Che Guevara, tiene muchas fases, unas sencillas y otras muy complicadas. Bueno... (tosió) lo que les tengo que decir es que dentro de muy poco tiempo, yo, la camarada profesora María, el camarada profesor de Química y tantos otros cubanos que se encuentran aquí vamos a regresar a Cuba."

(Cuando dijo esto todo el mundo se sorprendió y algunos hasta dejaron de masticar.)

"De algún modo, para hacerlo menos difícil, resolvimos decirles esto hoy, porque aquí estamos en un ambiente más reservado y podemos aclarar sus dudas sobre el porqué de todo esto. Sobre todo queríamos decirles, a ustedes que no son más que niños angoleños, a ustedes que son alumnos de una escuela y a ustedes que son nuestros amigos, que la lucha, la revolución, nunca termina; la educación es una batalla. Sus opciones de formación, bien sean profesores, mecánicos, médicos, obreros, campesinos... también esa opción es una batalla, una elección que cambiará el rumbo de su país. Ustedes, en concreto su grupo, así como otros de su escuela, son niños inteligentes, bien educados, tienen espíritu revolucionario y les hemos visto trabajar por el bien colectivo, bien sea a la hora de dar una explicación a un compañero, o bien a la hora de ayudar al profesor a controlar las tareas."

(Estábamos muy asombrados... ¿Espíritu revolucionario? A mí ni siquiera me gustaba levantarme temprano, y casi todos copiaban en los exámenes...)

"El bien que se hace a otra persona, el bien que se hace al país, a la sociedad, está en sus corazones, nace allí. (Aquí fue donde Petra comenzó a llorar.) Además de sentir que hemos cumplido nuestra misión en Angola, además de sentirnos privilegiados por ayudar a nuestros hermanos angoleños en la lucha por el poder popular, volvemos alegres a nuestra patria sabiendo que Angola tiene jóvenes, en su mayoría, tan empeñados en la causa revolucionaria; porque la causa revolucionaria, sobre todo, es el progreso. Angola está dando los primeros pasos en otra dirección, pero puede ser una buena dirección, todo depende de los hombres, de sus corazones, de la firmeza con que luchen por sus ideales, de la simplicidad que pongan en sus acciones, del respeto que sientan por los compañeros... Angola ya es una gran nación y va a crecer más. Acuérdense del Che Guevara: incluso siendo un hombre de fama internacional, siguió cumpliendo su trabajo voluntario en la fábrica. (Hizo una pausa.) ¡La sencillez es una virtud! El hombre del mañana, el hombre del progreso no tiembla ante las embestidas del imperialismo, no cede ante la voluntad de aquéllos que se creen dueños del mundo, no se ensucia en el lodo de la corrupción, en fin, ¡el hombre del progreso no cae!"

(Hasta la madre de Ro estaba impresionada. Claudio bostezó.)

"Bueno, para terminar quiero desearles felicidad y decirles de corazón, tanto de mi parte como de la profesora María, que ustedes fueron una clase maravillosa... ¡Que los niños son las flores de la humanidad! Nunca olviden eso..."

¡Vaya! Al camarada profesor Ángel también le escurría una lágrima por el rabillo del ojo. Aplaudimos, la camarada profesora y Petra estaban llorando, Ro no lo sé, no conseguía ver su cara. Yo también me había emocionado un poco, pero no iba a llorar, Claudio me estaba mirando. La madre de Ro dijo que era mejor que acompañáramos aquellas palabras con un brindis, y trajo una botella de champán.

En ese momento me sucedió algo que a veces me ocurre, comencé a ver todo como en cámara lenta, como si fuera una película en blanco y negro: las copas chocando, las sonrisas en boca de todos, Petra con los ojos rojos y, ¡el brindis!

A mi cabeza llegó una mezcla de frases: Un brindis por la partida de los cubanos; un brindis por el final del contacto con los camaradas cubanos; un brindis por el fin de la colaboración amistosa de aquel pueblo con el nuestro; un brindis por el fin del año escolar; un brindis, ahora por la partida de Bruno; un brindis por no saber quién se quedará en la escuela el año que viene; un brindis porque no sabemos si alguien va a escribirle a los profesores cubanos; un brindis porque cuando ellos lleguen, a Cuba, a causa del tiempo cumplido en Angola, a lo mejor van a tener mejores condiciones de vida, quien sabe si tendrán más carne por semana, quién sabe si un coche, quién sabe si más dinero, quién sabe... Y ya puestos, un brindis por las palabras sinceras del camarada profesor Ángel; un brindis por las lágrimas de la camarada profesora María; un brindis por el orgullo que sintió al ver a su marido hablar; un brindis por los chicos de aquella sala que también tenían ganas de llorar; un brindis por Cuba, por favor, un brindis por Cuba; un brindis por los soldados cubanos caídos en suelo angoleño; un brindis por las ganas, por la entrega, por la sencillez de esas personas; un brindis por el camarada Che Guevara, hombre importante y trabajador, que no se daba importancia; un brindis por los camaradas médicos cubanos; un brindis también por nosotros, los niños, las "flores de la humanidad", como nos llamó el camarada profesor Ángel; un brindis por el futuro de Angola en este nuevo rumbo; un brindis por el Hombre del mañana y, claro, ¿cómo íbamos a olvidar eso, Claudio?; ¡un brindis por el progreso!

La madre de Ro le preguntó a la camarada profesora María si quería decir unas palabritas y menos mal que no aceptó; todo el mundo tenía miedo de que sus palabritas se transformaran en un discursote como el de su marido, porque ella siempre hablaba mucho más rápido y decía más palabras que él. Pero ella se rehusó, pidió que le pasaran una servilleta, *No, dos pañuelos por favor*, que los mocos ya se le empezaban a salir de esas narices tan grandes que tenía.

No nos quedamos hasta muy tarde en la casa de Ro. Al día siguiente empezaban los exámenes finales, algunos querían repasar las materias, otros querían ir a estudiar la materia por primera vez y otros tan sólo querían irse a casa con los topergüers que la madre de Ro con seguridad iba a repartir. Alguien preguntó: *¿Doña Angélica, aquí se necesita la cartilla de racionamiento para recibir el pastel?*, y la gente se rio. Pero eso me hizo pensar que a lo mejor, con todos estos cambios, también las cartillas de racionamiento iban a desaparecer.

No iba a poder matabichar café con leche, como todos los días por la mañana, porque como los exámenes me ponían nervioso, el café con leche me provocaba cólicos. Esos días bebía té. Me encantaba ir al jardín a buscar té de caxinde, arrancarlo y ponerlo a hervir de inmediato, aunque algunas personas prefieren secarlo primero. La hoja es un poco rasposa, de un lado tiene unos piquitos muy pequeños y es necesario tener cuidado, aunque uno sólo se corta si la aprieta con demasiada fuerza. En cuanto uno se acerca siente el aroma del té de caxinde, y si el jardín acaba de ser regado, el olor es una maravilla.

Escuché el ruido del té hirviendo pero lo dejé, tenía que quedarse así un poquito.

—¿Papá, hoy me puedes llevar a la escuela? Es para no llegar tarde.

—Claro que puedo, hijo.

—Bueno, ¡genial!

Le pedí aquello para recibir atenciones. Yo no llegaba tarde, pero a todo el mundo le gustaba que lo llevaran el día de los exámenes, no sé por qué. A lo mejor es que necesitábamos sentir algo diferente ese día, y por eso íbamos en coche.

Al final del matabicho escuché:

—Buenos días, niño...

—¡Oh...! Buenos días, camarada Antonio. ¿Estabas aquí? Tan temprano... Ni siquiera te oí entrar.

—Tengo llave, niño.

—¿Y por qué has venido tan temprano?

—¿Hoy no tiene la prueba, niño? —dijo él, riéndose.

—Sí, hoy empiezan los exámenes.

—Por eso, ¡he venido a desearle buena suerte al niño! —y ya iba a comenzar a recoger las tazas usadas.

—Gracias, Antonio... Y deja eso ahí, yo llevo las cosas a la cocina.

Pero él era terco, terco. Y como había pocas cosas en la mesa, llevaba pocas cosas en cada vuelta, para aumentar los viajes de ida y regreso. Abrió las ventanas de la cocina, espantó al gato que estaba durmiendo junto a la puerta, fue a abrir el gas, la despensa, y comenzó a barrer el patio.

—¿Qué van a hacer para almorzar hoy, niño?

—No lo sé, Antonio. Mamá todavía está arriba.

—¡Voy a sacar el pescado! —y avanzó hacia la despensa.

—Antonio, no lo saques todavía, primero pregunta si viene alguien a almorzar...

—¿Quién? ¿La abuela?

—No lo sé, Antonio, no lo sé.

Mientras mi padre había ido arriba a buscar algunas cosas me senté en el patio. Desde allí no veía el aguacate, pero podía oír sus hojas, sentí el olor fuerte, oí un fruto caer. *¡Mío!*, grité, aunque ninguna de mis hermanas estaba cerca para disputármelo. Lo fui a guardar en la estantería de la despensa:

—Camarada Antonio, hazme un favor...

—Diga, niño.

—Cuando mis hermanas se despierten...

—Sí.

—Diles que este aguacate ya tiene dueño, ¿de acuerdo?

—Lo haré, niño.

Por si acaso, fui a buscar un cuchillo y marqué mis iniciales, pero aquello era sólo un "protocolo", como se solía decir. A lo mejor a la hora del almuerzo ya habría dos o tres aguacates, o quizá ya no me apetecería el mío, pero aquello era un hábito de la infancia. Caía un mango y decíamos: *¡Mío!*; sonaba el timbre y decíamos: *¡No voy, zafo!*; íbamos hacia el coche y decíamos: *¡Voy adelante, lo pedí yo primero!*; sólo había un mango y decíamos: *¡El hueso es para mí!*; encontrábamos una moneda y al agarrarla decíamos: *¡Lo hallado no es robado!*; alguien abandonaba su silla un momento y decíamos: *¡Quien fue al mar perdió su lugar!*; oíamos a alguien mayor decir: *¿Quién quiere...?*, y decíamos inmediatamente: *¡Yo!*; un higo caía y decíamos: *¡La pulpa es mía!* Todo esto en un estado de alerta casi militar, todo muy automático.

—¿De qué es la prueba hoy, niño?

—De Lengua Portuguesa.

—Hum...

—Camarada Antonio...

—Diga, niño.

—¿Ya has oído decir que los cubanos se marchan?

—Parece que sí, niño.

—Todo va a cambiar, camarada Antonio... ¿No crees?

—Parece que va a llegar la paz, niño... Ayer estaban hablando de eso en el barrio...

—¿De qué estaban hablando? ¿De la paz?

—Ajá... Parece que vamos a tener paz...

—Antonio, ¿y tú te crees eso? ¿Cuántos años hace que oyes esa canción?

—Puede ser, niño, puede ser...

Salió de la despensa con un pescado enorme.

—¿Sabes quién pescó ese pez? —cogí la mochila y me la puse en la espalda.

—Fue el papá —dijo él.

—Qué va. ¡Fui yo! —intenté engañarlo.

—¿Sí...? ¿El niño ya va a pescar a lo hondo? —y se rio.

Ya no dije nada, ¿qué más iba a decir? Miré el pez y calculé el peso: ni con una buena mentira, inventada con la cabeza bien despejada por la mañana, lograría engañar al camarada Antonio.

—Hasta mañana, camarada Antonio.

—Hasta luego, niño... hasta luego...

Llegué a la escuela en coche, Claudio también, hasta la madre de Bruno vino a traerlo ese día. Era preciso llevar un documento el día de la prueba, pero unos tenían el carné caducado, otros lo habían olvidado y otros llevaban el acta de nacimiento. Por eso siempre había makas al entrar al salón y las pruebas comenzaban media hora tarde.

Incluso durante las pruebas nos sentábamos de dos en dos, no quedaba de otra. El control de los profesores era mayor, pero hacia la mitad de la prueba ya se alcanzaba a copiar unas cosillas de la hoja del vecino; y al final hasta se podía hacer preguntas, siempre que fuese en voz baja. Eso funcionaba más o menos así:

Si el profesor es muy atento, el alumno finge que está pensando y se pone la mano en la cabeza; así puede mover los ojos, pero debe tener cuidado de no mover la cabeza, si no el profesor se da cuenta enseguida.

Si el profesor es fácil de engañar, se deja caer la goma de borrar al suelo, al mismo tiempo que el compañero de al lado; entonces se pregunta: *Camarada profesor, ¿puedo recoger la goma?* Cuando él diga: *Sí*, los dos alumnos se intercambian las gomas y aprovechan para intercambiar, como máximo, tres palabras (en la goma pueden apuntarse números o frases cortas).

Si el profesor lee alguna cosa durante la prueba, los alumnos "normales" hablan entre ellos, intercambian ideas y se muestran las pruebas; los alumnos "valientes" sacan acordeones del bolsillo o leen los que tienen escritos en los brazos, manos o piernas, por no hablar de las barrigas y pechos; los alumnos "atrevidos" abren la mochila y sacan los apuntes, o hablan con los compañeros más distantes, y llegan a intercambiarse las pruebas durante varios minutos.

Nuestro grupo por lo regular sacaba buenas notas, porque todo el mundo estudiaba para las pruebas semestrales, de modo que las conversaciones eran más bien por si había algunas dudas. El que estaba en medio del salón tenía que ser un as en esa materia, por el hecho de estar donde todo el mundo podía hablar con él. Los camaradas profesores cubanos hasta en eso eran simpáticos, porque cuando sorprendían a alguien copiando solo le daban un aviso, no le quitaban el punto.

Pobre Murtala, un día estaba con un acordeón encima del pupitre cuando entró la camarada coordinadora de Física y miró en dirección a él, pero creo que ella no alcanzó a ver nada. De todas maneras Murtala se quedó tan asustado que ella le preguntó: *¿Qué pasa? ¿Te sientes bien?* Y cuando se acercó a él, a Murtala se le ocurrió tragarse el acordeón casi sin masticar, y eran como dos páginas. Claro que al instante salió y se fue a vomitar.

—¡Caray, ese tipo se pasa todo el día vomitando! —dijo Claudio y todos nos reímos.

Que la prueba me había salido bien, muy bien, fue lo que le dije a mi madre cuando llegué a casa, muy hambriento, a eso de las doce y media. Llegué empapado y contento. Había caído una de aquellas lluvias de media hora que parece que no va a terminar nunca pero que termina; y la ciudad casi se ahoga porque algunas alcantarillas están obstruidas, de manera que las calles parecen ríos y los barrios más pobres casi se deshacen. Pero yo caminé muy despacio, ¡hacía tanto tiempo que no tomaba un buen baño de lluvia!

Encontré en mi casa a una de mis abuelas, a una prima, a los de mi casa y al Papí, y él sí que era una sorpresa. El

Papí sólo venía por la noche, cuando podía tocar el timbre y quedarse conversando con mi hermana en el portón; aunque todo el mundo supiera (¡Y hasta él mismo lo sabía!) que con ella no tenía ninguna oportunidad.

—Papí —lo saludé—, hoy llegas temprano.

—¡Así es, compadre! ¡Y tu madre me regañó una barbaridad!

—¿Y por qué te regañó?

—Porque... —tenía una toalla en la mano, se limpiaba la cara, el cabello— estaba lloviendo tanto que se me antojó venir a patinar en tu terraza...

Aquello era verdad. El Papí era famoso por ese tipo de ocurrencias: una vez que también estaba lloviendo, cogió una manguera, mojó la terraza y ya iba a comenzar a patinar cuando mi madre lo detuvo. A lo mejor había venido a patinar para tomarse la revancha.

—Pero tu madre es simpática... —se reía tanto que se estremecía.

—¿Por qué?

—Me regañó sólo un poquito y luego me invitó a almorzar.

A mí me pareció extraño porque el Papí era una persona que comía de un modo, creo que puedo usar esta palabra, de un modo *categórico*. O como dice mi padre: *no bromea en servicio*, y si había un servicio que al Papí le gustaba hacer, ese servicio era comer. Con mi abuela y mi prima en casa, ¿mi madre lo iba a invitar a almorzar?

—Sí, hijo, ya le había pedido al camarada Antonio que hiciera más comida.

—Tú sabrás, mamá. ¡Pero después no digas que no t'avisé!

Para explicar la silueta del Papí, había que imaginarse una bola enorme, así como si hubiera una pelota de futbol del tamaño de una persona. Para imaginar lo que él era capaz de beber, debo contarles que hubo un banquete de ochenta personas en la calle de los "Lazers", y a la una y media ya no había refrescos. Pero para que sepan bien quién era el Papí debo decir que le simpatizaba a todo el mundo, que a él le caía bien toda la gente y que, por eso, era un tipo genial.

—Papí, estás como en tu casa. Te puedes servir... —dijo mi madre.

Lo juro aquí por el alma de mi abuelo que está debajo de la tierra, para que no digan que exagero: el Papí se sirvió siete veces consecutivas sin descansar un minuto, se tragó veinticuatro filetes empanizados, se sirvió treinta y una cucharadas de arroz blanco en el plato (mis hermanas las contaron), se bebió dos latas de coca-cola y cuando mi madre le dijo que no había más, aún consiguió tragarse un litro y medio de agua. La abuela Xica estalló:

—¡Ay, hijo, después vete al médico para ver si no tienes una solitaria...!

Todos nos reímos muchísimo. Todo el mundo andaba conteniendo la risa desde hacía mucho tiempo, de modo que nos reímos bastante. Y el Papí le dijo:

—¡No, abuela! ¡Así soy! —se acarició la barriga—. Éstas son las *malambas*, las penas de la vida...

Por la tarde fuimos a casa de los camaradas profesores cubanos, allá donde vivían, en aquellos edificios tan ridículos. Petra sabía bien cuál era el edificio a pesar de ser todos iguales, porque el de los profesores tenía una pintura del camarada José Martí en la entrada.

La madre de Ro llevaba tres frascos enormes de mermelada de fresa; nos dimos cuenta enseguida de que les iban a encantar.

—Entren, entren... Siéntense que voy a llamar a Ángel —dijo la profesora María.

Nos sentamos en las butacas, que tenían muchísimos agujeros, y miramos los muebles: tenían una tele en blanco y negro, la mesa tenía sólo tres patas, y al lado había una silla igualita a las de la escuela.

—Voy a preparar un té... —dijo la profesora María.

Estábamos un poco avergonzados, pero no sé por qué, ellos ya eran nuestros amigos, tal vez era porque estábamos en su casa. Bruno se cubrió la nariz con la mano, para decir que olía mal, pero Petra le lanzó en seguida una mirada tan dura que hasta se enderezó. Yo no dije nada, pero también me pareció que olía a moho.

—Buenas tardes, compañeros —el camarada profesor Ángel nos estrechó las manos y besó a las chicas en la mano, todo un Don Juan; ellas se ruborizaron—. Disculpen el retraso, estaba embalando las cosas para el viaje.

—¡Buenas tardes, camarada profesor! —lo saludamos.

La profesora María vino de la cocina con su sonrisa enorme, y trajo el agua para el té. Como éramos muchos, unos bebieron en tazas, otros en vasos y nos dijeron que dos personas tendrían que beber en los platos, pero Bruno dijo que no le apetecía, *Muchas gracias.*

Yo me preguntaba si eso era té. Es decir, ¿un paquete de té, dividido en dos tazas, cuatro vasos y un plato, todavía es té? Yo, que encima fui el último en servirme tuve la impresión de que aquello era simple agua con azúcar, y después me dije que no era una impresión: de verdad era agua endulzada.

—¿Cómo les fue en los exámenes? —preguntó la profesora.

—Muy bien, de verdad muy bien... —sonrió Petra.

—Entonces, ¿van a aprobar todos?

—Sí, casi todos —dijo Petra.

—Claro, el "Mortala" —ellos siempre lo llamaban así —tiene muchas dificultades, no tiene los conocimientos necesarios para pasar de curso...

No sé si era verdad, pero Claudio contaba que Murtala, cuando volvimos a estudiar las fracciones ese año, le dijo que la única fracción que él conocía era la fracción de segundo, pero que ni esa la podría describir. Después, en una composición escribió que la adolescencia era cuando las chicas "se contagiaban de la *monstruación*", pero lo peor de todo fue cuando en la clase de Física dijo que estaba de acuerdo con la idea del camarada presidente Samora Machel de ir con una nave hasta el sol. Cuando le dijeron que era imposible, que el sol quemaría a las personas y a la nave, él dio exactamente la misma respuesta que el camarada presidente Samora (según me contaron):

—¡Burros! ¡Vayamos de noche!

A mitad del té, Petra miró a los camaradas profesores con lágrimas en los ojos, y dijo que agradecíamos todo lo que ellos habían hecho personalmente por nosotros, pero también lo que todos los camaradas cubanos habían hecho por Angola, desde los trabajadores y soldados, hasta los médicos y profesores; que Angola estaba agradecida y que íbamos a ser siempre hermanos, los angoleños y los cubanos, etcétera, etcétera, etcétera. Claudio me dijo después al oído que era la madre de Petra la que había escrito eso, pero no estoy seguro, Petra también era buena para las composiciones. Después me quedé sin palabras, no sé si fue por la emoción o por qué, pero Claudio le regaló su reloj al camarada profesor Ángel. Lo había envuelto en papel de regalo y todo. Petra me dijo después al oído que era la madre de Claudio la que había hecho el paquete, y a mí también me lo pareció.

Cuando la profesora María comenzó a llorar casi sin parar, nosotros nos emocionamos un poco, y Bruno ya no consiguió despedirse de ellos, se largó enseguida. Romina también lloró y era impresionante la fuerza con que nos abrazaba la camarada profesora María. Al momento de salir yo todavía no había conseguido decir una palabra, pero cuando el camarada profesor Ángel me apretó la mano y me dijo: *¡La lucha continúa!*, dije sin pensar:

—Camarada profesor... Yo sé que todo lo que el camarada profesor ha dicho de la revolución es verdad y que... lo más importante es que seamos verdaderos... —y no conseguí decir nada más.

Él me abrazó y me limpió las lágrimas. Después abrazó a Romina. Después abrazó a Claudio. Después abrazó a Petra. Después abrazó a Kalí. Después abrazó a Catarina.

—Dile a Bruno... —la profesora María secaba sus lagrimones— que aunque es indisciplinado, es un buen chico...

Salimos y ellos nos dijeron adiós desde la ventana. Bruno dijo adiós desde abajo; Romina se limpiaba las mejillas.

—Muy bien, Claudio... —dijo Petra—. Fue admirable tu gesto... ¡Felicidades!

—¡Uy! ¡Admirada te vas a quedar con el reloj nuevo que mi padre me va a dar el viernes!

Bruno iba callado y me imaginé que estaría triste. En las clases de la camarada profesora María él era el más revoltoso, pero a pesar de eso siempre me pareció que se gustaban mutuamente.

—Bruno, ¿estás triste? —parecía que Romina disfrutaba con esa pregunta.

—No... ¿Por qué?

—Ni siquiera te despediste de la profesora —me le acerqué.

—Ah, ¿no se dieron cuenta? —se rio.

—¿De qué?

—¿Cómo iba a despedirme de beso si le colgaba un montón de mocos de la nariz?

El cielo continuaba oscuro, grisáceo, como si la noche quisiera llegar antes de tiempo.

Nos despedimos de nuevo.

Otra vez cada cual jaló por su lado.

Allá arriba, en la ventana, el profesor Ángel tenía su mano sobre el hombro de la profesora María, y le daba besos en la mejilla para que dejara de llorar.

Una gota de lluvia, solitaria, me cayó en la cabeza. Esa fue la última vez que vimos a los camaradas profesores cubanos.

A juzgar por la poca luz que entraba por mi ventana, supe enseguida que iba a ser una mañana muy gris. *Tenía que ser justo hoy, cuando tocaba la prueba de Educación Visual y Plástica*, me dije, y es que nuestro salón era oscuro, porque los focos estaban todos fundidos. Ojalá que si llueve no haya una gotera sobre mi cuaderno de dibujo, me dije.

Matabichamos despacito. Ese día el examen empezaba más tarde, porque era sólo uno y porque era el último. El aguacate casi no se movía, yo pensaba que en cualquier momento mi padre me iba a preguntar: *¿Entonces? ¿Hoy no se despereza?* ¿Qué podría responder? Tal vez que aún estaba durmiendo; o que tenía frío; o incluso que el cielo gris le había contado alguna cosa al aguacate en voz baja, y por eso amaneció triste.

—Caramba... —mi padre miró el reloj—. El camarada Antonio hoy se quedó amarrado... —eso, en lenguaje de pescadores, quería decir que se había quedado dormido.

—No... no creo, papá. Debe estar sentado allá afuera...

La prueba me quedó muy bien. El salón estaba un poco oscuro, pero a pesar de que el cielo estaba un poco cargado la lluvia no comenzó. Era buena idea que la prueba de

Educación Visual y Plástica fuera el último día, porque así aprovechábamos todo el material: compases, pinturas, tinta china, marcadores fluorescentes, rotuladores, hasta la plastilina, para hacer las últimas inscripciones del año en los pupitres, en la pared y en la puerta del salón.

Marcábamos hasta la última página de la prueba, donde nos pedían que hiciéramos un dibujo libre con ciertas técnicas. Es impresionante, yo solía observar eso en las pruebas de Educación Visual y Plástica desde el cuarto año: todo el mundo dibujaba cosas relacionadas con la guerra. Tres personas habían dibujado akás, dos habían dibujado tanques de guerra soviéticos, otros hicieron makarovs, y sólo las chicas hicieron cosas más delicadas: mujeres en el río lavando ropa, el mercado Roque Santeiro visto desde arriba, el paseo marítimo visto de noche o el monte de la fortaleza.

Dibujar armas era normal, todo el mundo tenía pistolas en su casa o incluso akás, de lo contrario nunca faltaba un tío que las tenía, o que era militar y nos mostraba el funcionamiento del arma. Un día Claudio nos dijo que ya sabía montar y desmontar una makarov, que su tío le había enseñado, pero todos pensamos que era mentira. El dibujo de Filomeno era realmente muy bonito, hasta había dibujado en el cañón de la aká el brillito que queda después de limpiarla; y al lado dibujó un cargador doble, de esos que los FAPLAS pegaban uno junto al otro, para que a la hora de cambiar de cartucho les bastara con darle la vuelta.

Aquello de dibujar la guerra y las armas era normal porque todo el mundo ya las había visto y algunos incluso habían disparado pistolas, lo cual originaba grandes conversaciones sobre temas candentes a la hora del recreo. Hasta había algunos que sabían chismes de Kuando Kubango,[18] historias que mostraban que los sudafricanos eran muy duros, pero tenían miedo de los cubanos. Cuando los sudafricanos sabían que los cubanos iban a venir, huían enseguida de aquella zona, como si hubieran visto un fantasma. Todo el mundo, mayores o no, decía que los cubanos eran muy buenos soldados: valientes, bien organizados, disciplinados, buenos compañeros; sólo que no conseguían decir Kifangondo, decían siempre "Kifandongo".

La guerra aparecía siempre en las composiciones. Bastaba pedirle a un alumno que hiciese una redacción libre para que empezara a hablar de la guerra. Seguramente iba a exagerar, a contar historias de su tío, o diría que su primo era comando, un tipo duro, que golpea fuerte, y no hay que meterse con él. La guerra aparecía en los dibujos (las akás, las makarovs), en las conversaciones (*te lo estoy diciendo, es verdad...*), en las pintas de la pared (los dibujos del hospital militar, por ejemplo), en las bromas (*Tu tío fue a combatir con la UNITA, después volvió y se quejó de que tenía muchos piojos...*), en los anuncios de la tele (*¡Eh, Reagan, saca la mano de Angola...!*) y hasta en los sueños (*¡Dispara, Murtala! ¡Dispara, caray!*). La guerra aparecía incluso en la boca de los locos, como aquel al que le decían Sonangol, como las siglas de la Sociedad Nacional de Combustibles de Angola, porque se untaba todo el cuerpo de aceite y ya sólo se le veían la boca roja y los

18 Kuando Kubango: provincia de Angola. Algunos de sus municipios sirvieron como bases de apoyo a la guerrilla de la UNITA.

ojos blancos. Todo el tiempo decía: *La guerra es una enfermedá... Pero no hay medicina pa' ella... Usté tavisao: si se va a la guerra, todos los días morirá un poco; pue' tarda, pero usté al final va a caer... La guerra e' lo que hace a un país andá con comezón... Usté rasca, rasca y comienza a salir sangre, sangre... La guerra e' cuando usté deja de rascá pero toavía va a salir sangre...*, y se reía, se reía con todo ese aceite escurriéndole por el cuerpo. Petra dijo que a lo mejor ese aceite escurría de su alma, no sé.

Salí del salón, miré al cielo y pensé que era enorme. Ese día el cielo no estaba verzul, más bien oscuro, del color del cemento viejo.

—¿No vas a escribir tu nombre? —se me acercó Romina.

—¿Eh? —yo estaba distraído.

—¿Qué si no vas a escribir tu nombre en la puerta?

—Bueno, ya voy...

—Estás pensando en las despedidas, ¿verdad?

—No, claro que no.

—Ajá... —ella me miró.

—Pero es la última vez que vamos a escribir en esa puerta, eso sí...

Fuimos junto a los otros, unos pintaban símbolos en la pared del salón, otros intentaban dibujar sus propias caras. Filomeno dibujaba cuidadosamente el coche del Ataúd Vacío, con la camarada directora en la entrada de la escuela y todos los alumnos gritando: *¡Bienvenido, camarada inspector-sorpresa!*

De allí fuimos a la parte trasera del salón, donde siempre olía a pipí. Sacamos los cuadernos y los libros de las mochilas. Yo había traído todos mis cuadernos de apuntes menos los de Lengua Portuguesa, porque allí tenía composiciones que me gustaban. Claudio sacó los libros, luego Helder, después Bruno, pusimos todo en un montón y le prendimos fuego.

Petra estaba muerta de miedo, si nos descubrían tendríamos problemas, pero nosotros insistimos en encender la hoguera en el patio de la escuela. Bruno bromeó: *Los niños alrededor de la hoguera...*

La hoguera creció y las llamaradas brincaban, por lo que nos alejamos un poco. *¡Compadre!*, gritó Murtala: *¡Deja a la hoguera respirar!* Y ella claro que respiraba: libre, amarilla, enormísima. Aquel calorcito se sentía muy bien, porque había un vientecito desagradable. Desde el otro lado de las llamas parecía que las cosas se iban a derretir: vi la cara de Bruno, su pelo despeinado; vi la cara de Romina, su pelo chino; vi la cara de Murtala, sus ojos abiertos de par en par.

—Bueno... —los miré a todos— ya me voy.

—¿Ya te vas? —dijo Claudio.

—Sí, me largo.

—Yo también me voy a pasear —dijo Bruno.

Antes de que tuviésemos tiempo de decir otra cosa Bruno cogió la mochila y se la puso en la espalda. Comenzó a alejarse con su forma de andar rápida, inquieta. Cuando Ro y yo volvimos a mirar hacia él, ya iba muy lejos, junto al portón. *Brunoooooo...*, le grité. Esperé para ver si él me miraba. *No va a voltear*, me dijo Ro, en voz baja. *¡Claro que va a voltear!*, respondí.

A lo lejos, junto al portón, Bruno levantó la mano y dijo adiós. Nunca pude saber si al levantar la mano miró hacia atrás o no. *Brunoo000oo...*

–Hasta el próximo año, Ro... –dije yo.

–Hasta el próximo año... –me dijo.

–Ro...

–Dime...

–Si el próximo año no vienes..., escribe para decirme dónde estás.

–Está bien –me miró, dijo que sí con la cabeza, con los ojos, con los caracoles del pelo–. Está bien...

Me fui por la Plaza de las Heroínas, pasé frente a la Radio Nacional y me detuve allí, en el mismo sitio donde el día del Ataúd Vacío Romina y yo nos paramos a descansar. Me acordé de la camarada profesora de inglés: de los saltos que daba, de su velocidad, de la técnica que tenía para saltar el muro sin tocarlo. Pasé por la casa de Kalí, seguí caminando.

Al llegar frente a la puerta de mi casa, vi que el portón pequeño estaba abierto.

En la terraza estaba mi madre, hablando con una señora que tenía un pañuelo negro en la cabeza. Hice mucho tiempo desde el portón a la escalera: abrí el buzón que nunca tenía nada, enderecé dos tanques de gas que estaban allí apoyados, saqué un caracol del camino y lo puse en la hierba, me sacudí bien los pies en el tapete antes de pisar el primer escalón; todo eso para intentar oír qué decían. Pero, ¡nada!, hablaban en voz muy baja.

Saludé, *Buenos días*, y entonces vi la cara de la señora: era la mujer del camarada Antonio. Mi madre me ordenó a señas que entrara, de modo que sólo tuve tiempo de ver que la señora traía un pañuelo blanco en la mano izquierda, y que los ojos de mi madre estaban muy rojos.

El pasillo que daba a la cocina estaba en silencio: no escuché el ruido de la olla a presión; no oí la radio del camarada Antonio; no oí el ruido de vasos y cubiertos, la mesa no estaba puesta; no oí pasos y, cuando llegué a la cocina, no vi a nadie. A nadie.

En seguida me di cuenta de que el camarada Antonio no había venido, porque cuando él faltaba siempre venía alguien de su casa para avisar, pero nunca había venido su mujer. Venía siempre un hijo o una hija y, a pesar de que a veces venían con un sombrero o un pañuelo en la cabeza, nunca era de color negro. Y cuando alguien venía a avisar que el camarada Antonio no podía venir, aunque tuviera que improvisar cualquier cosa rápida para comer, a mi madre no se le ponían los ojos rojos.

Abrí la puerta de la cocina y me senté en el escalón.

Desde allí no se veía el aguacate, pero podía oír el ruido de las hojas, agitadas por el viento. El cielo estaba muy oscuro, y si aquel viento viniera del norte tendríamos tormenta. Mi abuelo siempre decía: *¡El peor viento es el viento del norte!*

—Vamos a la mesa... —mis hermanas llegaron.

Las chicas son de verdad muy rápidas. Ya habían puesto la mesa y mi hermana mayor ya había hecho una ensalada de atún, con chícharos de lata y alubias del día anterior.

—El camarada Antonio murió hoy por la mañana... —dijo mi madre, y no consiguió decir nada más.

En la mesa se hizo un gran silencio, pero afuera estaban gritando, hasta había tiros de conmemoración. Cuando encendimos la radio supe por qué: estaban diciendo que la guerra por fin había terminado, que el camarada presidente se iba a encontrar con Savimbi, que ya no íbamos a tener monopartidismo y hasta tendríamos elecciones. Yo quise preguntar: *¿Pero cómo van a hacer elecciones si en Angola sólo hay un partido y un presidente...?*, pero me mandaron callar para oír el resto de las noticias. Después me mandaron a la cocina a buscar el aceite, el vinagre y el picante. Hice un esfuerzo para no llorar, y fingí que el camarada Antonio estaba allí, junto al fogón:

—Camarada Antonio, pásame el picante, por favor... —y como él no dijo nada, lo provoqué— ¿Ya ves, Antonio? ¡Ahora en Angola hasta vamos a tener elecciones! ¿En la época de los portugueses hubo elecciones? —pero no respondió nada.

Después del almuerzo me fui a tumbar en una banca del jardín. Hacía un poco de viento y pensé que tenía suerte porque así me podía dormir deprisa, con el ruido que hacían las hojas del aguacate.

Cuando el cielo no estaba tan oscuro me gustaba tumbarme al sol e imitar a las babosas del jardín. Mientras tanto allá en la cocina el camarada Antonio hacía ruido con los platos y con los vasos, siempre tardaba mucho tiempo en lavar los trastes, y ese ruido me ayudaba a dormir. *Niño, despierte... Hace mal estar con la cabeza en el sol...* le gustaba decir, *Después la mamá va a regañar al niño..., ¿Pero cuánto tiempo ha pasado ya, Antonio...? Sólo me dormí un poquito...,* y él me decía: *¡No, niño!, ya han pasado más de veinte minuto'...*

Me desperté con las gotas de lluvia bombardeándome las piernas y las mejillas. De repente cayó una carga de agua de aquellas muy bravas. Me escondí bajo el pórtico y me quedé viendo el agua caer. De inmediato me acordé de Murtala: en su casa, cuando llueve, sólo pueden dormir siete a la vez; los otros cinco esperan todos apoyados en la pared, donde hay un tejadillo que los protege. Después es el turno de que duerman los otros, ¡Lo juro!, siete a la vez. Siempre que llueve de noche, al día siguiente Murtala se duerme en las tres primeras clases.

Mientras veía la tormenta, me acordé de las composiciones que hacíamos sobre la lluvia, el suelo y la importancia del agua. Una camarada profesora, que al parecer era poeta, nos explicó que el agua trae el olor que tiene la tierra después de llover; el agua es la que hace crecer cosas nuevas en la tierra y alimenta las raíces de las plantas; el agua "eclosiona un nuevo ciclo"; en fin, ella quería decir que gracias al agua se renuevan las hojas. Entonces pensé: ¡Caray...! ¿Y si lloviese por toda Angola...? Después sonreí. Simplemente sonreí.

BUENOS DÍAS, CAMARADAS

de Ondjaki
se terminó de
imprimir
y encuadernar
en marzo de 2008,
en los talleres
de Litográfica Ingramex,
Centeno 162,
Colonia Granjas Esmeralda,
Delegación Iztapalapa,
México, D. F.

Para su composición tipográfica se emplearon las familias Bell Centennial y Steelfish de 12:15, 37:37 y 30:30. El diseño es de Alejandro Magallanes. La impresión de los interiores se realizó sobre papel Snow Cream de 60 gramos.

Este libro pertenece a la colección Mar Abierto
de Editorial Almadía,
donde se da cabida a los viajes
más ambiciosos y logrados
de la narrativa contemporánea,
aquellos que descubren islas inexploradas
o transmiten la experiencia de la inmensidad oceánica
que hace posible la navegación.